爱上阅读·中小学生晨读精品选

高长梅　许高英　主编

最美的芭蕾舞

杨列宝　著

九州出版社 JIUZHOUPRESS｜全国百佳图书出版单位

图书在版编目（CIP）数据

最美的芭蕾舞 / 杨列宝著. —— 北京：九州出版社，

2014.3（2021.7 重印）

（爱上阅读：中小学生晨读精品选 / 高长梅，许高英主编）

ISBN 978-7-5108-2762-4

Ⅰ.①最… Ⅱ.①杨… Ⅲ.①小小说 – 小说集 – 中国 – 当代

Ⅳ.①I247.8

中国版本图书馆CIP数据核字（2014）第041901号

最美的芭蕾舞

作　　者　杨列宝　著

出版发行　九州出版社

地　　址　北京市西城区阜外大街甲35号（100037）

发行电话　（010）68992190/3/5/6

网　　址　www.jiuzhoupress.com

电子信箱　jiuzhou@jiuzhoupress.com

印　　刷　北京一鑫印务有限责任公司

开　　本　720毫米×1000毫米　16开

印　　张　9

字　　数　150千字

版　　次　2014年5月第1版

印　　次　2021年7月第6次印刷

书　　号　ISBN 978-7-5108-2762-4

定　　价　36.00元

阅读随想（代序）

爱上阅读。阅读能使我们进一步获取智慧,获取解决问题的方法与能力。

微信中,有一篇叫《读书的十大好处》的文章流传颇广。它概括的所谓十大好处独树一帜:1.养静气,去躁气;2.养雅气,去俗气;3.养才气,去迂气;4.养朝气,去暮气;5.养锐气,去惰气;6.养大气,去小气;7.养正气,去邪气;8.养胆气,去怯气;9.养和气,去霸气;10.养运气,去晦气。

微信中,还有一篇文章也被大量转发,叫《读书是最好的美容》。文章认为,"人通过读书,在幽幽书香潜移默化的熏陶下,浊俗可以变为清雅,奢华可以变为淡泊,促狭可以变为开阔,偏激可以变为平和"。的确,打开书,便打开了一扇面对世界的窗口,你读天,无际的长天予你灵性;你读地,宽厚的大地赠你理性。打开书,便打开了一面审视生命的镜子,那扑面而来的真善美令人陶醉。

还是微信中的一篇文章,叫《通过阅读解决自己的困惑》。文章认为,阅读不能仅仅是小清新、轻口味、品时尚的浅阅读,有时还得"重口味"。阅读即要脚踏实地,要观看现实,了解人类文化的百态,知识的种种。但是只看"大地"那是不够的,还需要仰望星空,还要读读诸如《论语》、

《庄子》之类的书,以加深我们对人性的理解且不丧失对智慧的信心。

再引用著名作家王蒙先生2013年9月发表在《人民日报》上的《"攻读"的日子哪里去了》中的一段话:离开了阅读,只有浏览与便捷舒适的扫描,以微博代替书籍,以段子代替文章,以传播代替学识,以表演代替讲解,将会逐渐使人们精神懒惰,习惯于平面地、肤浅地接受数量巨大、获得廉价、包含着大量垃圾赝品毒素的所谓信息,丧失研读能力、切磋能力、求真求深的使命与勇气,以至连讨论追究的习惯也不见了,苦思冥想的能力与乐趣也没有了,连智力游戏的水准也降到幼儿级别以下了。这样下去,我们会空心化、浅薄化与白痴化,我们的宝贵的头脑的皱褶将渐渐平滑,我们的"灵"的思辨思维功能将渐渐萎缩,而我们的大脑将只剩下海量获得八卦式的信息然后平面地记忆下来、转销出去的"肉"的能力。

杨绛说得更好:读书正是为了遇见更好的自己。读书到了最后,是为了让我们更宽容地去理解这个世界有多复杂。

爱上阅读。阅读提升我们的素养,阅读最终将改变我们的人生。

目录
CONTENTS

PART 1
青春舞曲

PART 3
漂亮的心

青春舞曲

在一阵阵雷鸣般的掌声中，在一双双饱含热泪的眼睛目送下，观众和评委们发现，这对三年前开始患上《骨髓炎》，已经严重扭曲成"O"形腿的孪生姐妹，根本就不让她们的妈妈搀扶，便一瘸一拐心满意足地微笑着，艰难而又从容地走下台去。

 # 最美的芭蕾舞

　　她们是一对孪生姐妹，正是花骨朵般的年龄。姐姐叫静文，妹妹叫静雅。

　　她们就像她们的名字一样，从小就长得同样的美丽，同样的秀气文静；也有着和其他女孩一样姣好的身材，和一双天鹅般修长的美腿。在外人眼里，根本就分不清哪个是姐姐，哪个是妹妹。

　　她们不但长得一模一样，而且还心有灵犀，共同拥有一个美丽的梦想。那就是，等长大了一定要像跳《孔雀舞》的杨丽萍一样，当个出色的舞蹈艺术家，好把一双美丽的翅膀绽放在梦想的舞台上。

　　果然，功夫不负有心人，盼望已久的这一天终于到来了。

　　春暖花开时节，由某艺术团组织成立的全国"舞动中国"海选现场，就设在了她们的家乡——美丽岛城的龙泉广场。

　　闻听此讯，这对姐妹花高兴得直喊"哇塞"，并击掌叫好。等妈妈刚下班回到家，她们就异口同声地说，想去参加"舞动中国"的海选大赛。

　　静文妈闻之一愣，但只是一愣，紧接着就点头同意了。

　　女儿们十几年的梦想，十几年的努力和期盼，不就是在等待这一时刻的到来吗？作为一位好不容易才把她们养育成人的单亲妈妈，又何尝不想让孔雀一样美丽的女儿，翩翩起舞在全国电视直播现场这个梦想的大舞台上呢？

　　可听说姐妹俩就要去参加舞蹈大赛，她们小区里却有人嗤之以鼻地说：

"丑小鸭还想变成金凤凰,真不知天高地厚。"

即使当姐妹俩穿着妈妈特意给她们买来的舞蹈行头,打扮得就像一对美丽的小天鹅一样,在妈妈的陪同下,站在准备去海选的大街上等待出租车的时候,还是有人不屑一顾,或嘲笑,或用异样的眼神看待她们。

然而,却有更多的人,给她们鼓励和祝福,向她们投来赞许而又钦佩的目光。

龙泉广场花团锦簇,人海如潮,舞台上下更是互动热烈。轻柔的、欢快激昂的音乐,一会儿让人如痴如醉,一会儿又让观众激情迸发。此起彼伏的音乐声、掌声、口哨声和呐喊声,让近万人的比赛现场异常火爆。尽管参赛选手鱼龙混杂,绝大多数人没能晋级参加复赛,但这丝毫不影响他们给评委和观众带来的感动和快乐。

静文姐妹俩的参赛号码是"1198"和"1199",她们今天所选的曲目是双人组合的著名芭蕾舞《天鹅湖》。可没想到当漂亮的女主持人点到她们的名字后,姐妹俩手牵手刚一上台,现场就传来一片唏嘘和惊呼声。就连主持人和几位评委,也惊讶地瞪大了眼睛看着她们。

在一声声"我的天哪"和一双双惊异目光的注视下,静文姐妹俩虽然彼此都感觉有点儿紧张得手心出汗,两腿发颤。可当那《天鹅湖》欢快的旋律一响起时,姐妹俩顿时就完全陶醉在了翩翩起舞忘我的舞蹈世界里,任由少女的梦想,插上洁白而又美丽的翅膀,在天鹅湖里畅游,在天空中飞翔……

按照比赛规则,不管选手跳得好或不好,只要在节目进行到一半后,评委们就可以摁下按钮亮起他们的红绿灯。最后经过点评,要么选手就能晋级参加复赛;要么,就会遗憾地退场或者被观众的呐喊声赶下台去。

然而,此时的现场却鸦雀无声。评委们竟然没有一个人亮灯,台下也没有掌声和唏嘘声。直到静文姐妹俩一首《天鹅湖》的舞曲跳完后在朝台下鞠躬谢幕时,瞬间,只是瞬间,台下才突然猛醒过来,不约而同地报以雷鸣般的掌声,而且经久不息。甚至有很多人还泪流满面,就连漂亮的节目主持人

也感动得不知说啥才好。

可此时此刻,所有的评委还是没有人亮起一盏绿灯。

为什么? 这究竟是为什么呢?

主评委点评时说得好:"这样精美绝伦的舞蹈,我们还是第一次看到;面对这样一对如此身残志坚,追求梦想的孪生姐妹,以及为她们付出了很多的这位伟大的母亲,我们的绿灯和所有赞美的语言都已经毫无意义。我只能代表评委们说,这不仅仅只是一个实现梦想"舞动中国"的大舞台,更是一个感天动地,追求美好和快乐人生的大舞台。我敢说,这对姐妹花刚才表演的《天鹅湖》,不仅是全国绝无仅有,也是世界上跳得最好、最完美的一段芭蕾舞……"

在一阵阵雷鸣般的掌声中,在一双双饱含热泪的眼睛目送下,观众和评委们发现,这对三年前开始患上骨髓炎,已经严重扭曲成"O"形腿的孪生姐妹,根本就不让她们的妈妈搀扶,便一瘸一拐心满意足地微笑着,艰难而又从容地走下台去。

可他们哪里知道,在前不久,这对可爱而又勇敢的姐妹花,医生就已经给她们下了最多还能活一年的"死亡判决书"了。

小站上飘扬的红气球

圣诞节的前一天下午,天空飘着零零星星的小雪,大地被一层薄薄的盐白覆盖着。虽然北风凌厉天寒地冻,而山里一个小镇的站台上,却有一大群孩子在围着一位年轻的女教师叽叽喳喳。

杨洁老师提着行李站在孩子们中间不停地跺着脚。她一边在等车，一边在着急地劝她的学生们回学校去。可不知怎么，平时一直都很听话的三十六个学生，现在却任她怎么劝，就是不走。

杨洁本来是想在今天一大早悄悄离开学校的，但因为交接手续没办好给耽误了多半天。没办法，她只好同意孩子们来为她送行。

"听话，这里很冷，都快回去吧，时间长了会感冒的。"杨洁看着一个个被冻红了小脸的孩子，心疼得泪都快下来了。但始终没有一个肯走的。

雪地上放着一小篮子红枣，一小篮子核桃，这是山里淳朴的孩子们上午听说她要走，专门送给杨洁的礼物。

上个星期六，杨洁回了一趟城里的家。可星期一回到学校后，她就给学校写了一份辞职报告。她对校长说，男朋友给她在县城找到了一所条件好的学校，她要求调走。校长虽然感到很突然，也很不情愿，但一想到杨洁是个大学生，又是一个女孩子，已经在这穷乡僻壤工作了五年了，实属不易，只好同意放人。可条件是必须得再等两天聘请到接替她的新老师。

在今天上午的告别仪式上，当听说杨洁就要调走的消息时，孩子们全都哭了。可他们很懂事，没有一个哭着闹着挽留她的。只是含着泪，把一首首送别的歌，送给了他们敬爱的杨老师。

就在杨洁力劝孩子们回去的时候，一个冻得流着鼻涕的小男孩突然的一声惊呼，打破了小站上的喧闹。杨洁和其他学生还以为是公共汽车来了，谁知却是从汽车来的方向过来了一个骑着自行车，车把上系了一大束花花绿绿气球的中年男子，一看就知道他是去城里做生意的。生意人一见站台边站着一大群孩子，马上下了自行车推销起他的气球来。

孩子们呼啦一下围上去。

"我们给老师买一个红气球好不好？"不知是谁喊了一句。

"好！"孩子们异口同声地马上回应。

"多少钱一个？"一个穿着红色羽绒服的漂亮女孩问那汉子说。她是班长。

"到县城卖两块五,要多了可以便宜点。"汉子回答。

"两块五不好听,我们送给老师的,四块钱两个吧。"孩子们就像一个个小大人,开始与那汉子讨价还价。

"谢谢同学们的好意了,你们送给我的东西已经太多都快拿不了,老师求求你们不要再乱花钱了,行吗?"杨洁用乞求的口气对她的学生们说。

然而,孩子们就像没听见似的,继续七嘴八舌地在砍价。

"好吧,看在你们老师的面子上,四块就四块。"那汉子很会做生意。

于是,孩子们不顾杨洁的阻拦纷纷开始往外掏钱。你五毛,我一块,一大把零钱很快便集中到了班长手里。数一数,竟有二十块零五毛。

"哇,够了够了,咋有这么多?"买多了老师没办法拿啊!孩子们惊呼。

"谢谢你们,你们的心意我领了。老师不要这么多,只要一个就够了。"杨洁一边说,一边想要上前去付钱,可孩子们就像铁桶一样把她挡在人群外。

这时,就在远处一辆中巴车已经缓缓驶来。

"班长,汽车来了,快点吧,要不就晚了呀。"不知是谁突然着急地叫起来。

"正好有十一个,不用你们再给钱了,就当伯伯也赠送给你们老师一个。"汉子收了钱,马上从自行车把上解下了那束气球递给了孩子们。

看着一张张红扑扑的小脸蛋,把平时连自己都舍不得买零食吃的零用钱全都慷慨地拿出来,杨洁眼眶里的泪水直打转。

车停了,车门慢慢打开。有几个孩子不顾司机的反对,"呼啦"一下涌上了汽车。有拿气球的,有为杨洁提行李的。

"叔叔阿姨们,这是我们送给老师的礼物,请你们帮忙给拿一下好吗?"几个孩子上车后把气球和那两篮子山果,分别递向车上的乘客。

汽车缓缓启动,车窗一个个被打开,紧接着便从车窗里飘出一个个五彩缤纷的气球来。

"老师再见,再见了杨老师……"一大群孩子跟在汽车后面挥着小手边跑边喊。

车上的杨洁已不敢再回头,忍不住失声痛哭起来。

孩子们哪里知道,他们的杨老师并不是调到了什么好的学校,而是要去县医院接受治疗。因为星期天在去婚前登记查体时已经确诊,她患上的是尿毒症。

美丽的雪花还在飘飘飞舞,被花花绿绿的气球装扮的汽车渐渐远去。而公路上留下的那两道车辙印,就像两道长长的等于号,在继续着爱的延伸……

黄头发,黑长发

黄头发和黑长发都是艺术学院大三的学生,但专业不同,一个学舞蹈,一个学艺术设计。她们同住一个六人间的宿舍,刚住到一起时关系就不太好,两个人平时很少说话。

黄头发染了一头金灿灿的黄发,长着一张瓷娃娃脸。性格外向,活泼开朗,就像一只春天的小燕子,人到哪里,嘻嘻哈哈的笑声就带到哪里。据黄头发说,她染一次头发最少得花三百元。

就因为黄头发的天真泼辣和一头金发,她才被自称是高干子女的黑长发视作轻浮和张狂,属于另类。

黑长发戴着一副高度的近视镜,身材匀称,长发飘飘,总是独来独往。和其他几个女孩比起来,黑长发多了些成熟和稳重,少了一些年轻女孩的青春朝气。

黄头发看不上黑长发的高傲,黑长发则瞧不起黄头发的轻佻。于是,在她们六个人之间,黄头发和黑长发的矛盾最为突出。

终于有一天,黄头发和黑长发发生了激烈的争吵,起因是因为黄头发的一句话。

那个星期天的傍晚,出去了一整天刚回来的黄头发,一进宿舍,她才染的一头金发就引来了一片喝彩声。这个喊哇塞,那个说酷毙,在一片赞美声中,黄头发就有些飘飘然起来。

黄头发喜形于色地说:"三百八十块钱呢,今天又狠狠地宰了四只眼一把,谁叫他是高干子弟呢。"

说者无意,听者有心。正躺在床上发手机短信的黑长发听后,脸上一红,就挂不住了。

黑长发说:"别西北风刮蒺藜——讽刺带打击。拿别人的钱臭美算什么能耐,有本事自个儿打工挣去,随便宰人家早晚得遭报应。"

黄头发一听,马上反唇相讥说:"我爱宰谁宰谁,关你屁事。真是贼人心虚,浪人心多。"

就这样,黄头发和黑长发的战火终于点燃,而且越烧越旺。如果当时没有另外几个连拉带劝把她们分开,说不定就会厮打在一起。

这一来,黄头发和黑长发便成了冤家对头。

可是,这件事情过后不到半年,黑长发有一天却不知为何突然趁宿舍里没人时割腕自杀了。多亏被回宿舍吃零食的黄头发发现,才幸免于难。

在医院里,一开始黑长发不但不领情,反而怨恨黄头发多事。但当校方闻知她是因为查出患了白血病没钱医治才自杀后,便发动全校师生给她捐款。等黄头发与其他几位室友一起再一次去探望她时,正在化疗的黑长发泪如雨下,羞愧难当。

黑长发千恩万谢地对黄头发和几位室友说,感谢学校和同学们对她的一片爱心,也感谢社会上那位给她捐了五万元不愿留名的好心人,更感谢黄头发的救命之恩。其实,她并不是什么高干子女,她的父母都是环卫工人。

她自杀的原因主要是因为那个富家子弟的男朋友,听说她患上了白血病后,无情地抛弃了她。

那一刻,黄头发与黑长发相拥而泣。让在场的黑长发父母和其他人都陪着流泪。

黄头发走后,前来准备给女儿换肾的母亲对黑长发说:"闺女,我怎么看着刚才的黄头发女孩长得很像那天陪着丈夫来给咱送钱的那位好心的女主人呢。"

黑长发听了母亲的提醒,似有所悟,半天没说话,陷入了深深的沉思中。

果然,当学生会主席再一次来送社会上许多好心人的善款时,黑长发一打听,才真正了解到黄头发的真实身份。原来,黄头发的爸爸是位知名的企业家兼全国人大代表。据说自从黄头发考上大学后,她爸爸不让她炫耀自己的身份,并且只在半个月前到学校看过她一次,黄头发平时的生活费和穿衣染发的钱多半都是靠她自己打工挣来的。这些信息也是校方在接待黄头发的爸爸时才知道的。

黑长发不听则罢,听到这里目瞪口呆。这时的黑长发已像一位剃发修行的尼姑。

两个月后,头发还没长出来的黑长发康复出院的这天,黄头发提着一个精美的包装盒和另外四个黑头发女孩同时又出现在病房里。黄头发还和以前一样,金发灿烂,笑如春风中的银铃。一进门她就扑到病床前,慌忙把手中的礼品盒给打开了。

紧接着,便抖落出一片黑色的油光。

假发!

黄头发打开盒子的那一刻,昔日的黑长发再也控制不住自己的泪水,掩面大哭。

画家和少女

落凤山有灵气，来落凤山作画的人都能沾上灵气。

画家杨蒙来落凤山作画已经两天了，这两天他画的都是山水画。这里的山山水水和自然风光让他痴迷，也让他把灵感和才气发挥得淋漓尽致。

今天是最后一天，一大早，杨蒙就背上行囊踏上了崎岖的山路直奔金凤岭村。他想今天去寻找一个捡柴的小女孩为模特，作一副《我要上学》的素描画，来反映山区农民重男轻女的传统观念。因为他昨天已和村子里一个叫美琪的女孩说好让她给找一个。

"美琪，你要是能当我的模特就好了，叔叔就不用再找别人了。"昨天美琪又来看他作画的时候，杨蒙对女孩说。

可是美琪不能，因为她是个断了双臂的女孩，没法背着柴看书。杨蒙深感惋惜。他知道美琪的身世很苦，听美琪说，她今年十五岁，三岁那年在玩耍时不慎被一块大石头砸断双臂。当时，美琪的父母和许多人认为她肯定是活不成了。没想到美琪的生命力很强，竟奇迹般地活了下来。七岁时看着别人上学，她也要书包，父母被她缠得没办法，只得含泪把她送进了村里的学校。他们根本没抱任何希望，只当让美琪去玩。美琪看着别人写字画画很羡慕，无奈，只得在老师的指点下学着用脚一笔一画地开始练习写字。她是个很要强的孩子，一次，两次……即使是寒冬腊月也照样用脚指头夹着笔练。功夫不负有心人，美琪终于写出了一脚好字。让人难以置信的不光是穿衣吃饭写字作画,就连穿针引线也和正常人一样。美琪的学习成绩一直很好,但她说她更喜欢画画。然而,命运总是在捉弄这个苦孩子。去年,美琪的父亲突发脑溢血病故,正巧又赶上她考上的高中没有住校生,来回十多里路不方便。母亲说,能认几个字就行了,有胳臂有腿的考上大学都不好找工作,何况咱这没手的?为此,美琪哭了整整两天,最后不得不辍学在家放羊。

杨蒙来作画的头一天就发现了这个残疾的美丽少女和她放牧的一群白羊。一开始,他作画,她放羊。后来美琪就试探着和杨蒙搭话,站在他身后一声不吭地看画画。

"叔叔,你画得真好!"默默地站了一会儿,美琪忍不住说。

"喜欢吗?叔叔给你画一张。"杨蒙以为美琪只是好奇,边作画边说。

"叔叔,等您休息的时候麻烦您能教教我吗?"美琪并不满足要一张画。

"你?你能画?"杨蒙随口问。

"嗯。用脚学着画的。"美琪平静地点点头,"只是画得不好,我下午拿过来请您给看看行吗?"

杨蒙吃了一惊,抬起头看着美琪说:"真的?那好啊,你下午拿来吧。"

经过一上午的接触,年轻的画家喜欢上了这个身残志坚的女孩。到了下午,美琪拣了最好的几幅画拿给杨蒙看了。有水彩的,也有素描。

杨蒙看后惊讶而又肯定地对美琪说:"美琪,你的基础很好,尤其是素描。虽然还欠些火候,但对你来说已属不易。你要继续努力,等我过两年再来的时候,希望能看到你更优秀的作品。"

美琪问:"叔叔,你真的还会来吗?"

杨蒙肯定地点点头,然后便教美琪作画的技法和技巧,并指出其中的不足。美琪悟性很好,说回到家一定改进。那天下午,美琪本来想请杨蒙搬到他们家里去住。可画家说,他和山下的房东是说好了的,如不回去人家会着急。其实,杨蒙是不想去给美琪家里添麻烦。

第二天中午,美琪在家里用保温瓶给杨蒙送来了香喷喷的小米粥和清炒土豆丝。她说,这比喝矿泉水吃凉面包养胃。杨蒙深深地被这个纯真善良的女孩打动了。于是,他告诉美琪说,明天想到她家里看一看,顺便再作一副《我要上学》的人物素描带回去。并让美琪给找个小女孩然后和他一起作画。美琪高兴地答应了。

等杨蒙来到了金凤岭打听到了美琪的家之后,美琪早已等候多时。美琪妈妈到地里干活去了,弟弟也上学去了。一见面,美琪就兴奋地告诉他,女孩找到了,不过要等到中午放学后才行。

杨蒙打量着眼前这个贫穷的家,他看到唯一值钱的就是一台黑白电视机,墙上贴的除了美琪的奖状就是她的画。绝大多数还都是素描。

"美琪,这些都是你画的吗?"杨蒙问。

"嗯,我屋里还多着呢。"美琪回答。

"噢。让叔叔参观一下你的画室可以吗?我想看看你是怎样用脚画画的。"杨蒙在美琪的引导下走进了她的闺房。

卧室里很整洁,只有一张床和一个带穿衣镜的大衣橱,床前是一只小桌,桌子旁就是一个用五合板自制的画板。地上放的不是五颜六色的调色盒,而是一个盛着墨汁的瓷碗,屋子里还隐隐散发着一股墨臭。看样子,美琪是坐在床上作画的。

"你就是用这些东西画画的?"杨蒙用怀疑的目光看着美琪。

"叔叔,让您见笑了。"美琪不好意思地笑了笑说。

杨蒙的心里刀扎一样:多么优秀的女孩啊!然后他便随手拿起小桌上的几张画。

"叔叔,别……"美琪一见慌忙阻止。

"怎么了?"杨蒙不解地看着美琪。

美琪的脸"唰"地一下红了:"叔叔,没什么,您随便看吧。"

杨蒙疑惑地翻看了那几张画。马上,他被夹在中间的一幅半裸的人物肖像惊呆了:这是一个上半身的少女素描,画的像是断臂维纳斯。但仔细一看,分明就是美琪的自画像。果然,旁边题的字是:断臂美琪。

杨蒙震惊之下，眼睛立即湿润了："美琪，叔叔今天不画那幅《我要上学》的画了，我要把它改为《我要画画》，你就是叔叔一直想寻找的那个最优秀的画中女孩！如果你愿意，叔叔想收你做我的学生。"

"谢谢叔叔。不，谢谢老师！"断臂美琪甜甜地笑了，眼里有泪光在闪。

于是，杨蒙打开画夹，让美琪坐好，师生俩便开始作画。一个用手，一个用脚。杨蒙几笔就画出了一双渴望的眼睛。美琪则勾画了一副《我要上学》。

在杨蒙的作品展上，《我要画画》获得了美术界的一致好评。在展厅的一角，他还为美琪开辟了一片展现爱徒作品的天地。展出那天，人们发现一个断臂的小姑娘在《我要上学》的画旁凝视了许久，她的胸前，有一个美术学院的校徽显得特别醒目。

当爱的旋风来临

首先让我做个自我介绍：姓名，杨柳风，一米八六的个头，白白的皮肤，五官端正。爱好打篮球，最崇拜的偶像姚明，尤其喜欢他那双横眉冷对千夫指的眼神。

"好酷的帅哥哟！"当我踏进校园的那一天，就有不少美眉给我"盖帽"。

我冷笑，就像姚明在国外面对那些金发碧眼女郎们的飞吻和狂热。目不斜视，目空一切。即使被分到了教室的最后一排，但面对那些女生有意无意地回眸一笑，我一概置若罔闻，冷若冰霜。

可偏偏就有为爱发狂的美女们,明知山有虎偏向虎山行。

"杨柳,晚自习没有课,咱去看电影吧?"一双美丽的大眼睛,脉脉又含情地悄悄对我说。

不知从哪天起,也不知是谁开的头。入学才俩月,几乎全班的女生没有人再喊我的全名,而是给省略了一个我最喜欢的"风"字,让我听了老是有一种暧昧的感觉。

"不好意思,没空。"我天生不爱笑,也不喜欢啰唆,拔腿就走,冷了一双美丽的大眼睛。

"杨柳,周末一起上街吧,我请你去吃冰激凌怎么样?"被全班男生(不包括我)誉为"美惠子"的梁惠,也对我暗送秋波。

"对不起,我要去打球!"我又把秋波荡漾在门外。

大一那年,我得了个绰号:北极熊。她们的意思不是说我笨,而是指"白色的冷血动物"。

"北极熊是不是在外面有女朋友了?"我曾N次听到过有的女孩向别人打听我的秘密。她们以为,一个高大帅气的大男孩不为美色而折腰,似乎不合常理。

"我有病!"某天,一个"眼镜"同学问我,说又有一位多情的少女在关注我。我一听,没好气地对他说。

"哥们,就你这块头能有啥子病?""眼镜"不信地用手扶着镜架吃惊地瞅着我,那样子好像真的在看一只北极熊。

神经病!我撂下一句硬邦邦的话甩手而去。

大二那年,我成了被爱情遗忘的角落。又换了一个绰号:杨疯子。

冷血就冷血,疯就疯吧,我才不在乎。看着成双结对为爱沉醉的那些男男女女,我虽形单影只,但却依然故我。年底,我成了校篮球队的主力中锋。大三,我入了党,当上了学生会主席。到了大四即将毕业的时候,校教导主任找到我说,基于我在校四年的良好表现,让我留校任教,问我是否同意?最后还补充说,我们班就一个名额,首先考虑的是我,第二个是"眼镜"。

思之再三,我还是决定放弃。因为我知道,家住四川大山里的"眼镜"家里很穷,他的父亲又在汶川大地震中失去了双腿。尽管我四年的努力也是为了这个目的,但我的各方面条件都比他要好。再说,即使找不到工作,就凭我这块头,回家种地总有把子力气吧?

毕业的头天傍晚,已知道实情的"眼镜"非要请我去饭店喝酒。盛情难却,我只好去了。

"眼镜"的酒量是二两倒,我至少能喝他仨。一瓶"红星二锅头"下肚,"眼镜"已哭得鼻涕一把泪一把,说我够哥们,说我的大恩大德他将终生难忘等。"这有啥? 咱不都是哥们吗? 说不定将来的 NBA 上我会成为姚明第二呢。"说这话的时候,二两一个的酒杯,我一口"闷"了。

那天,"眼镜"喝多了,我也有点上头。单是我埋的。当我架着他回到宿舍,刚一进门,就吓了一大跳。没想到十几束鲜花齐刷刷地举到我面前,鲜花的后面竟是十多个比花还艳丽的脸庞。其中就有一双美丽的大眼睛和光彩照人的梁惠。

就在我醉眼蒙眬雾里看花的愣怔间,忽听大眼睛带头喊了一句:"杨柳!"

还没等我反应过来,接着就听众美女们异口同声地回应:"哥们!"

紧接着梁惠又喊了一句:"北极熊!"

只听众佳丽马上回答道:"我爱你!"

醉醺醺的"眼镜"不知这时咋突然冒出了一句:"杨疯子是俺哥,谁也抢不走!"

面对如此场面,我还能是一副冷冰冰的面孔吗? 泪,顿时模糊了我的双眼。

我眩! 我晕!

其实他们不知道,我拒绝爱情的理由并不是我不喜欢这些美丽的学妹,也不是我天生就是个冷血动物,因为家里已经有一个在四年前高考前夕被车祸轧断双腿的女孩在痴心地等待着我。尽管她这辈子永远也站不起来了,但作为一个人高马大的爷们,怎么能忍心抛下自己的心上人移情别恋呢!

生日快乐

儿子生日这天中午,我给老板请了半小时的假,急急忙忙去蛋糕房买了一个大蛋糕往家赶。挣钱是小事,培养后代哄儿子高兴是大事,怎么敢有丝毫的怠慢呢?

儿子鑫鑫今年年满十二周岁,上小学六年级。他非常懂事,琴棋书画样样都会,学习也很棒,是我和妻子的骄傲。但让我们担心的是儿子的身体,面黄肌瘦不说,这段时间还变得沉默寡言呆头呆脑,就像一棵缺少肥料和阳光的幼苗。

去年医生就曾告诫说,这孩子肯定偏食,吸收能力差,需要多补充营养和锻炼,调整饮食结构。当时我说,没啥大病就行,缺乏营养咱就补。别说条件还不错,即使砸锅卖铁,只要能让这棵独苗健康成长为一个多才多艺的栋梁,再多的付出也值得。

夫唱妇随,妻子更是举双手赞同。我和妻子从医院里一出来,就直奔超市。什么脑黄金、脑白金、钙铁锌硒,我们两口子足足买了几大包,过了一把疯狂购物瘾。

回到家,我们立即付之于行动。该冲的冲,该让儿子吃的就让他吃。儿子很听话,不用我们多费口舌,硬往自己嘴里塞。我和妻子很满意,相视一笑,心里的感觉都是美滋滋的。儿子比前几年乖多了,一想起那几年来,差一点没把我们两口子愁死。

"宝贝,人家很多小朋友都去学画画了,妈妈给你报了名,咱也去当个小画家好吗?"儿子上一年级放寒假的时候,妻子哄儿子说。

"妈妈,我不喜欢画画,我要在家看电视。"儿子撒娇不想去,但禁不住玩具和零食的诱惑,还是去了美术辅导班。

"乖儿子,星期天爸爸送你去学琴吧,将来当个钢琴家多棒!那键盘一敲,要多潇洒多潇洒。"某个星期六的傍晚,我眉飞色舞地学着弹钢琴的样子在诱导儿子,因为我特羡慕钢琴家的风采。

"我不,我要踢足球!"儿子嘟着小嘴提出抗议。

"踢足球又苦又累,咱不学那玩意儿!去学钢琴爸爸奖励你一百元。"我连哄带吓唬,儿子不情愿地又学了钢琴。上了四年级,儿子在我们的软磨硬逼下,又进了少儿棋艺社和书法班。

去年鑫鑫生日那天,他愁眉苦脸可怜兮兮地对我们说:"同学们都叫我'多功能机器猫',有的还喊我病猫。棋和书法我不想学了行吗?"

"什么,多功能机器猫?哈哈,这个外号起得好啊!现如今社会发展快,功能越多越不会被淘汰。别像我,只会给人家开出租啥也不会,一旦下岗就只有喝西北风的份。好儿子,继续努力,只要将来能当个什么家,管他什么猫,逮着老鼠的才是好猫!"

可儿子那段时间总是闷闷不乐,学习成绩明显下降。我和妻子一看吓坏了。于是,又找老师又去看医生。不管老师和医生怎么警告我说不要再给孩子施压的话,我左耳朵听右耳朵出,不惜高价聘请家教使尽了浑身解数,终于又让儿子的成绩赶了上去。看着儿子不负我望,我和妻子的心里又乐开了花。

趁宝贝儿子今天的生日,昨天我与妻子就商量好了,今天我们要给他一个惊喜,让他高兴一点,快乐一点。因为我们好久都没有看到儿子那天真和开心地笑了!

当我赶回家和妻子忙活完了之后,儿子正好也已放学。看到满桌丰盛的菜肴和大大的蛋糕,儿子并没有我们想象的那种惊喜。而是把沉重的书

包往沙发上一扔，一屁股坐到沙发上。第一句话就是："妈呀，可把我给累死啦！"

本来我们预料的镜头是，儿子一看到蛋糕肯定会高兴地直大呼小叫"哇塞"，没想到竟是这般情景。

当我们又向儿子炫耀用了两年的积蓄给他买的生日礼物——一架崭新的钢琴时，儿子连眼皮都没翻，只说了句："我才不稀罕这破玩意儿！"

让我和妻子吃惊的还不止这些。等到我们一家三口坐上餐桌，点上生日蜡烛，我和妻子唱着《生日歌》共祝儿子生日快乐时，只见儿子拿着切蛋糕的塑料刀眼睛盯着"生日快乐"那几个鲜红的大字，一下一下狠狠地戳下去……

你们猜他这时说了句啥？

他说："唉，生日快乐，生日快乐，可啥叫快乐呢？"

那一刻，我感觉儿子的小刀是扎在了我的心上。

发错的稿件

睡意正浓，梦正酣，忽然铃声大作。我醒了。

老妈喊："杨蒙，要迟到了，还不快起床！"

我提裤子穿鞋，一溜小跑上厕所。然后刷牙洗脸快速出击，绝不让时间浪费在上课之前。

班主任老师曾不止一次话里带刺地说过："杨蒙同学，你的时间观念很强,总是踩着上课铃声进教室,如果把时间用在学习上,你肯定会成为第二个陈景润。"

我心说,谁让你们规定第一节课上早自习呢,给了我一个睡懒觉的机会。但嘴里吐出的却总是连声的对不起。

假如班主任是代语文的辛玉雯老师该多好啊！同性相斥,异性相吸。她不但长得年轻美丽,而且她和我有一个共同的爱好——喜欢小小说。虽然她比我大了几岁,可她却是我唯一的红颜知己。至少我这么认为。因为我们有共同的理想,共同的话题和共同的文学梦。如果是她,绝对不会说我是第二个陈景润,肯定会说我不是第二个欧·亨利,就是中国文学界的王蒙第二。这样的话,听起来多"靠"啊！最起码我每天得早到十分钟。

和往常一样,脚蹬"酷狗牌"破自行车,一手扶把,一手拿着"狗不理"包子狼吞虎咽。蹬着,吃着,还想着。一阵上课铃声砸过来,嘿,说到就到了,还是那个点！

可今天却慢了半拍,一步门里一步门外,我站住了。讲台上已站着一位老师,她当然不会是教数学的班主任,班主任的时间是用数学公式计算出来的,比我还准,可以精确到秒,而我只是约等于分。此时站在讲台上的不是别人,正是那位仙女似的辛老师。唉,没办法,只得喊一声报告了。

"杨蒙同学,你迟到了。"虽然没有听到那声"王蒙第二",但莺声燕语更让我脸红。我依然故我,还是那句借口,可这次底气不足。

刚走到自己座位上屁股没坐稳,辛老师的话又像轻风飘过来。她说:"现在已经到了高考的冲刺阶段,有些同学就喜欢开夜车,这并不是好现象。精神是好的,就怕适得其反。一定要学会劳逸结合,保持好充足的睡眠。否则,将会事半功倍。"

怎么听起来就像老妈深更半夜的唠叨声？其实她们都不知道我这几天开夜车并不是为了复习考大学,而是在偷偷地耕耘小小说的那片自留地。不为别的,只为那次"吹牛"。

因为半年前辛老师在《新课程报·语文导刊》上发表了她的处女作那

天,我送给了她一张贺卡。在那上面我曾写了这样一句话:您的耕耘,您的收获,您拥有了自己的小小说。向您祝贺,向您学习。希望您别忘了指导一下同样喜欢她的我!

当时,辛老师当着全班同学的面,就像看国宝大熊猫似的问我说:"你也喜欢小小说?"我扬扬自得地告诉她,门里出身,老爸熏的。

噢,你爸不是在监狱里工作吗?怎么他也会写小小说?辛老师的惊奇的眼睛一睁大,美丽可就减去了几分。

他也是业余的,已经发表小小说近百篇了。我引以为豪的样子肯定帅呆了。那天的晚自习,辛老师离我近在咫尺,她的发香让我沉醉。就连她脸上的小美人痣,我也看得清清楚楚。一共三颗:眉心一颗,鼻翼一颗,嘴角一颗,可谓三星高照。我们旁若无人,大谈阔论。老爸让我吹成了大仙,辛老师听得一愣一愣的。看得出来,她想当仙女。后来我不知怎的口若悬河得意忘形,竟把自己也吹了进去。我说:"我也力争能像您一样,在我毕业前拿下处男作。争取高考写作双丰收。"

从那以后,我和辛老师有了双重半的身份:师生加文友,另外她还算我的半个师姐,因为她口口声声叫我爸杨老师。

辛老师半年内在老爸的指导下写作颇丰,先后有近十多篇小小说在国内各报纸和杂志上发表。可我呢?老爸看了我的一篇习作后摇摇头,说我高考在即,这叫"不务正业"。老师们则又专门和我过不去似的,一天一小考,两天一模拟,搞得我头昏脑涨。眼看就快毕业,你们让我拿什么奉献给"我的牛皮"和"我的爱人"?只能四个字:挑灯夜战。

两天的寻找灵感和构思过程,两夜写,一夜改。还好,今晚子夜一点,终于趁老爸值夜班的机会把键盘敲得心惊胆战,晕头晕脑地在他的电子邮箱找到了一家报刊的地址,并在最后缀上了我的大名和通联,复制到了我的邮箱上发了出去。

般若波罗密,我的月光宝盒,请时光倒流吧!请老编大师们睁开慧眼,千万别让我失望啊!离高考还有十来天,就让我毕业前轻装上阵,也牛皮一把吧!

可稿件发出去以后,我几乎每天上网查看我的电子邮箱,但直到高考完的那天下午,我才收到了"上帝"的回复:杨蒙同学你好:大作《老师,你是我的初恋》已阅。文笔流畅,感情真挚。可是你知道吗?现在高考在即,我不想让你失望,以免影响你的考场发挥。谢谢你的爱,我已有了男朋友。再说我是你的老师,也算是你的师姐,爱我是可以的,但不能是爱情啊!

后面连着一大串的"!"。再疑惑地往下看,最后缀的名字是:辛玉雯。

怎么会?我晕!等我重新翻看了一下老爸的邮箱,这才发现,原来是我把辛玉雯的拼音缩写当成了《新课程·语文导报》的投稿邮箱了。

切!猪脑子,绝对的猪脑子!我敲着自己的脑袋瓜直呼大意。

关系

儿子本科毕业来单位里实习已经半个多月了,眼看分配在即,老李却还是拿不定主意是不是需要疏通一下关系。

"死要面子活受罪,要再继续拖下去,黄花菜都凉了。你要舍不下脸来我去!"尽管中秋节越来越近妻子一再催促,可老李就是死活不吐口。

"说是今年要透明化管理,笔试和面试相结合。你慌啥?"老李心里虽说也没底,但嘴上的口气很硬。

天底下的父母谁不想让自己的儿子能有份好工作呢?可老李却有他的难处和想法。因为新提拔的李厂长曾经是他的部下和媒人。虽然是老关系了,但这几年……

李厂长还是小李的时候,刚分来的那一年正巧也是八月十五前夕。当时的小李很会来事,就在中秋节那天傍晚买了两条烟一箱酒去老李家串门。说是离家远,一个人在外过节很孤单,想来找一找团圆的感觉。

老李那时三十来岁,并不老,儿子刚上小学三年级。这对于一个没有实权从来还没收过礼的行政科副科长来说,老李无疑喜上眉梢不好拒绝。更何况还是一家之李?老李从那时起就喜欢上了这个嘴巴甜,腿脚勤的大学生。时不时便把小李喊到家里吃顿饭或喝两杯,称兄道弟很是亲近。其实小李也的确不错,不管在科室里或者外面,没出一年口碑就很好。

一来二去,单身的小李就把老李家当成了自己的家一样,出出进进很是随便。

接下来,老李夫妻就忙着为小李牵线搭桥物色对象。经过一年多的努力,老李和小李的关系又近了一层。

小李结婚后,虽然不能再像以前一样常去老李家,但逢年过节你来我往的关系还是始终没断。

前几年老李当上了科长,小李被任命为副科长。一开始两个人配合得很好,可没过多久,他们却在办公室里为了对一个人的扣罚,争得面红耳赤。

"别说是厂长的小姨子,就是他老婆该罚也得罚!"是小李的声音。

"我知道。不是告诉你了吗?她这是初犯,认错态度也很好。不看僧面还得看佛面嘛,也算给厂长个面子。"老李在耐心地试图说服小李。

"不行!制度就是制度,不论对谁都应该一视同仁,这不是面子不面子的问题。"小李知道老李和厂长的关系不错。

"咱俩谁说了算?"老李发火了。

"当然是你说了算。但我是分管劳动纪律的,我有权扣她!大不了得罪厂长。"小李自有他的主张和理由。

"你是不是想与我过不去?"老李拿出了最后的撒手锏。

小李还是不买账:"没办法,也只好得罪你了。"

老李咂巴了几下嘴,气得一摔门走了。

为此,老李好几天都对小李爱答不理,两个人一见面都感到别别扭扭。完全没有了从前的那种亲近和融洽。

转眼又到了一个中秋节前夕。小李夫妻大包小包地和往常一样又去老李家串门。老李的妻子就做了几个菜留下了小两口。

酒过三巡。小李端起了第四杯酒说:"哥,这杯酒我借花献佛先给你赔个不是!"

"你能有啥不是?别提!你是公事公办,以后在这方面我得跟你好好学学。"老李略带讽刺的口气摆着手。

"哥,你给我个机会嘛,我想今天与你好好地沟通一下,免得……"小李还想解释。

"快喝酒,在家里不谈公事。"不等小李说完,老李就截住了他的话题。

小李感到很尴尬,只得低着头喝闷酒。

从老李家里出来后,小李心烦地对妻子说:"今天的酒喝得真没劲,咱不该留下的。"

"听话音,你们工作上是不是有分歧?"小李的妻子问小李。

于是,小李就把那天的事儿说了。小李妻子听后说:"怪不得今天他们说啥也不留咱的东西呢。我还以为嫌少,原来是你把他给得罪了呀。你也真是的,干啥那么认真?!"

"我干的就是得罪人的工作,我没错,我要对工作负责!"小李又要来劲。

到了春节两口子又去了老李家送礼,拿去的东西还是没留。小李一生气,干脆就和老李断了来往,并要求调到了车间一线当了一名副主任。在那天给小李的送行酒宴上,小李和大家没请动老李。老李说他身体不舒服。从此,两个人的关系就画上了句号。

可没想到又几年后的今天,小李却成了分管政工后勤的副厂长。如果让老李为了儿子的工作分配反过来去求他,岂不是自己拿巴掌在打自己的

脸吗？

经过几天的犹豫和思想斗争之后，老李终于决定：礼，不送。人，不求。他要真有情有义，就不计前嫌。否则，就算自己看错了人。

考试成绩下来了，老李的儿子笔试面试考了个第一名，老李松了口气。到了分配工作的那天中午，老李夫妻盼星星盼月亮终于盼来了回家吃饭的儿子。可一问，儿子却被分到了最苦最累的车间当了一名学徒工。

老李听了那个气呀，破口大骂忘恩负义说话不算话的李厂长。妻子也直埋怨他是个榆木脑袋。

这时一旁的儿子才插上了一句话："你们别错怪了李叔叔，是我一再要求下车间锻炼的，与他没关系。"

老李夫妻顿时哑口无言。

燕子的蝴蝶结

小燕子穿花衣，你的家乡在哪里？在南方，在北方，哪里有春天哪里有你……

燕子头上扎着一个白色的蝴蝶结，在山坡上翩翩起舞，春天的山坡是她一个人的世界。不！应该是她和那三只小山羊的世界。

小燕子，穿花衣，你的妈妈在哪里……

跳着唱着，她哭了。然后对着山下的小路大喊："爸爸，你在哪里？妈妈，你咋还不回来呀……"

燕子今年七岁,天生的小儿贫血症让她面黄肌瘦。前几年,因为给她看病花光了家里的所有积蓄,无奈之下,爸爸只得去了南方打工。可没想到过完年刚走三个月,就在他打工的那家煤矿上给砸死在了井下。接到电话的那天,奶奶和妈妈当即昏倒,等苏醒过来,然后便是哭得死去活来。燕子也被吓哭了,她知道爸爸再也不能给她买蝴蝶结了。就像爷爷前年死的时候奶奶告诉她的,人死就是走了,去了很远很远的地方,再也不能回来了,只有在梦里才能见到。

　　燕子记住了,两年来总想在梦里见到爷爷,可一次都没有。现在爸爸又走了,本来他就在很远的地方,他还要走到哪里去?草绿了,花开了,小燕子也都飞回来了,爸爸要走很远很远的路,他是不是能从那里走回来?说不定哪天夜里她正做梦,爸爸就会给她带一个粉红色的蝴蝶结回来,再用胡子扎扎她的小脸呢!

　　然而,接到电话的第二天,妈妈就和叔叔一块去了南方,直到现在都半个多月了还没回来,爸爸也没有在梦里出现过。燕子想妈妈,更想爸爸,她多么想让爸爸的胡茬子再扎一次啊!

　　"爸爸可坏了,他老用胡子扎我。"燕子那时经常向奶奶告爸爸的状。

　　"你爸爸没正形,整天没大没小的。"他要再扎俺的宝贝燕子,看我不用耳刮子扇他!奶奶每次都是这样说,可燕子总发现奶奶爱忘事。

　　"奶奶,我妈妈啥时候才能回来呀?"昨天晚上,燕子躺在奶奶怀里仰着小脸问。

　　"唉。听你二婶说,和你爸爸一块砸死的有几十个,那个丧良心的窑主吓跑了,到现在还没抓住呢!大概也就近两天就会回来啦。"奶奶说着说着又哭了。

　　"奶奶别哭,明天星期天,我去山坡放羊吧,咱家的小羊几天没喂了,我顺便到路口迎我妈去。"燕子懂事地给奶奶擦着泪说。

　　今天一大早,燕子匆匆忙忙吃过早饭,就跟奶奶打了个招呼,赶着三只雪白的山羊到了山坡上。燕子毕竟还小,一开始看着低头啃草的山羊多么像他们一家三口人,可她伤心过后,当看到两只小燕子盘旋在绿茵茵的草地上时,她被感染了。于是,就又蹦又跳地唱起了老师教的儿歌来。唱着唱着,又想起了爸妈,但只有大山的回声,山路上根本就没有妈妈的身影。燕子跳累了,唱累了,然后伴着天上的白云就睡着了。在梦里,她梦见自己变成了一只小燕子,在白云下飞呀飞,一直飞到了南方的天空中。看着一座座美丽而又陌生的城市和乡村,燕子不知道爸爸妈妈究竟在哪里。挖煤的肯定在乡下!想到这里,燕子就瞪大双眼专在农村的上空寻找。

看到啦,看到啦!燕子苦苦寻找了半天,终于看到了妈妈正走在和自己村口一模一样的山路上,她心里一阵狂喜,就向着妈妈飞过去。

谁知,一阵巨响,燕子突然吓得一激灵坐了起来。她这才发现自己是在梦里被一声春雷惊醒了。身边没有白云,只有三只依偎在她身旁的小羊。山道上也没有妈妈,有的只是匆匆忙忙往家赶的村民。

要下雨啦!燕子来不及多想,赶紧赶着山羊往家跑。可没等她跑下山坡,一阵急雨就砸下来。很快,燕子的衣服就淋湿了,头上戴的那只蝴蝶结瞬间也贴在了头发上。一看到前来迎她的奶奶,燕子便哇哇大哭。

下午,雨停了。到了傍晚,燕子就感觉头疼和心里难受,可她没跟奶奶说,就懒洋洋地上床睡了觉。昏昏沉沉中,燕子又感觉到自己这次变成了一只蝴蝶飞在花丛中,先是粉红色,后来是白色,就和头上的一模一样。

"奶奶,我不喜欢戴白色的蝴蝶结,我喜欢爸爸给我买的那个粉红色的。"半月前,当奶奶流着泪给燕子头上换了一个用白布扎成的蝴蝶结时,燕子嘟着小嘴不愿意。

"燕子乖,我家的燕子最听话。这是给你爸爸戴的孝,戴上它你爸爸就能看到懂事的小燕子啦!"奶奶哄着燕子说。

燕子不明白粉红色与白色的区别,只知道爸爸出门打工是为了挣钱好供她上学和看病,还给她买很多也很好看的蝴蝶结。爸爸说过,南方的蝴蝶很多很多,啥颜色的都有。等将来她考上了大学一定带全家人去看那里的花蝴蝶。

迷迷糊糊,燕子真的梦见自己变成了一只很大很大的白色蝴蝶,朝南方飞去。迎着妈妈回来的方向,她飞呀飞呀,多么想让爸爸看到自己已变成了蝴蝶在投向他温暖的怀抱。

"爸爸,咱们回家!咱们回家吧!"可燕子飞着飞着就什么也不知道了……

两天后,燕子的妈妈把从南方抱回来的一个骨灰盒,连同燕子和她的那个粉红色的蝴蝶结一起,木然地安葬在了燕子放羊的那个山坡上,一大一小两个坟。

家贼难防

假如一个人家有巨款或有私藏的宝贝,心里会怎样?答案肯定会是:担惊受怕,经常睡不着觉。不是担心被抢,就是怕盗。这一点,王老歪深有体会。但就在他提心吊胆了十几年后的今天,正准备出手的时候,却突然发现藏在麦缸里的古董不见了。真让他懊恼不已。

王老歪家里很穷没有巨款,但却藏有古董。是一件青铜器,样子像鼎的东西。既不是家传,也不是收藏。而是他十几年前从村西的古遗址,一个方圆十几亩的"点将台"里盗挖出来的。

"点将台"据传说:乃三国时期曹操率领大军攻打徐州时,用砖头瓦块和黄土囤起来点兵点将的大土台子,小山一样。

靠山吃山,靠水吃水。靠古遗址,那当然就要吃古人留下的金银财宝喽。

PART 1 青春舞曲

五里屯的许多村民如是说,王老歪也这么说。

十多年前的一天,当王二秃子砖窑厂的一个民工偶尔发现了几件青铜器之后,砖窑厂便沸腾了。第二天,好几辆推土机就轰隆隆开始了昼夜不停地挖土堆山。村民一见,马上明白了这是"项庄舞剑,意在沛公也"。于是,他们一个又一个都加入了挖土寻宝的行列。黑压压的人群,顿时就像蚁群一样,把点将台围了个水泄不通。一时间,近两千多年的古遗址便伤痕累累,满目疮痍。第二天上午,虽然闻讯赶来的文化局领导和专家在公安人员的配合下逮捕了王二秃子,制止住了疯狂的村民们,并且也下发了一条禁令。然而,禁令虽有,但面对一夜之间就有可能成为暴发户的巨大诱惑,部分村民不敢明挖,却敢夜取。他们车拉人抬,夜晚偷运。到了白天便全家齐动员,关起大门用筛子筛,铁耙子搂,哪怕一锨土都不肯放过。后来有的人发了,但也有人像王二秃子一样进了监狱。

王老歪就是当时在夜里偷挖到了这个宝贝的。但他一直没敢声张,尽管家里穷需要钱,尽管有人也偷偷打听过。可王老歪守口如瓶自有自己的打算。

自从有了这件宝贝,王老歪便添了心事。一来不知道这个东西叫啥,能值多少钱;二来怕老婆孩子走漏了风声,即使小偷偷不去,可一旦传到了那些便衣警察的耳朵里,落个空欢喜不说,弄不好还要蹲大狱。

就这样担惊受怕了十几年后,王老歪现在终于决定要出手了。因为儿子今年要高考,考上了用钱,如果考不上也该盖房子找媳妇了。

于是,一天深夜,王老歪从厕所的便池底下取出了宝贝。第二天傍晚就悄悄地请来了刚出狱不久的王二秃子。然后大门紧锁,房门紧闭。

酒过三巡,王老歪小心翼翼地拿出了用塑料袋包了好几层的古董,请王二秃子鉴别。王二秃子当年建砖窑厂前就已经小打小闹地走私文物,是最早打点将台鬼主意的人。后来有了资本就回家以砖窑厂作掩护,想发个大财,没想到却被判了刑。年前出来后,虽然老实了一阵子,但他却还在暗地里继续做违法犯罪的勾当。

"这不是鼎,叫鬲。也是古代的一种炊具。具体能值多少钱,我也不敢确定,估计价格和鼎差不多,大概两三万吧。"王二秃子翻来覆去内行似的看了半天后,不紧不慢地对王老歪说。

至此,王老歪心里有了底。那天夜里,王老歪和老婆一起藏好了宝贝,兴奋得半夜没睡着觉。枕头边他对老婆说:"哦,这个东西叫鬲,二秃子可能没说实话,看样子它绝不会只卖两三万。"

老婆更是高兴地合不拢嘴:"说不定能卖几十万甚至更多呢!"

那天两口子决定瞅机会再找行家给鉴定一次,防止吃大亏。没料到等他半个月后的又一天晚上请来了一个买家再来估价时,王老歪两口子却突然发现藏在麦缸里的鬲不见了。

王老歪先是吃惊而后便疑云顿起:王二秃子来的那天晚上,两口子明明埋藏在麦缸里。莫不是王二秃子? 不对呀,这几天老婆一直在家,即使出门也铁将军把门,并没有发现被盗的痕迹啊! 难道是自家的女人吗? 又一想也不可能。老婆与自己结婚近二十年,那胆就和芝麻粒似的,看她也急成那样,根本就不像装出来的。这不是,那不是,天底下只有俺两口子知道藏在哪,难道它长翅膀了不成?

后来老婆的一句话,忽然让王老歪想起还有一个人知道,那就是前天从五六十里外回家过星期天的儿子。

对,肯定是他! 那小子昨天下午临走还劝我上交国家呢,难道走的时候就……王老歪不敢再想了,他决定明天早晨去学校问问儿子核实一下。

那天晚上,王老歪两口子翻了一夜的"烧饼"。

可第二天还没等王老歪动身时,一辆高级轿车就开到了他的家门口。紧接着,从车上下来了他上高三的儿子和几个干部模样的人。王老歪一看,顿感一阵头晕目眩。晃了几晃,才站稳身子。

鞭炮声中,一位头发花白的老者紧握着王老歪的手说:"谢谢王师傅把这么珍贵的文物捐献给国家,也谢谢你们培养出来的好儿子。我代表咱们县文物局谢谢你们! "

当王老歪做梦似的接过锦旗和鲜红的证书,以及奖励的两万元现金时,他的手发抖,泪花流,怔怔地看着身边的儿子。

儿子说:"爸,您别生气。前天我见您不同意,又不能硬抢,也只能这样做了。我不想让您犯罪,即使家里再穷,我也想有个完整的家!"

王老歪抚摩着儿子的头,不好意思地歪着嘴笑了。

初夏的那声雷

在一家镇办工厂上班才一个多月的夏小雷,哭着闹着要让他爸给他买辆摩托车。他爸无奈,只好在几天前花了近三千元钱给他买来了一辆崭新的"金城"。

自从自行车换了摩托车,可把夏小雷给高兴坏了。上班不上班,只要一出门,他就把油门一加,"突突突"地便没了踪影。

"才五六里路,看把你烧包的,出门慢点骑。"小雷病恹恹的妈嘱咐了一遍又一遍。

"摩托车不是个好东西,骑快了没有不出事的,路上一定要注意安全。"干建筑的小雷爸这几天也经常提醒儿子。

可只有十九岁的夏小雷总是毫不在乎地回答说:"知道了,没骑快。"

但回答得虽然很干脆,可一旦发动起来摩托车就把父母的话全都抛在了脑后。

谷雨前的一天下午,离下班时间还有十多分钟的夏小雷,刚听工头说了一句"要下雨了,今天提前下班"的话之后,就一路小跑直奔放车棚。摩托车还没推出去,他就听见了车棚顶上开始"噼里啪啦"下起雨来。

"小雷,马上就要下大了,待会儿雨停了再走吧。"一个工友说。

"没事,大不了洗个雨水澡。我家近,一加油门就到了。"夏小雷边发动车边大声地回答说。

果然,正如那个工友所说,夏小雷刚骑到半路上,天空中就"咕隆隆"响起了今年的第一个惊雷。紧接着,刚才滴滴答答的雨点,转瞬间就变成了倾盆大雨。但骑在摩托车上的夏小雷却不管三七二十一,即使浑身马上湿透,他连找都不找个地方避一避,照样把车骑得飞快,车速至少得有八十迈。

然而,等夏小雷骑到离自己的村子还有二里多路的时候,在一个路口,意想不到的事情发生了:一个穿着黄色雨衣骑自行车刚要拐弯的人,来不及躲闪,就被夏小雷给撞飞了出去。

夏小雷吓坏了,赶紧急刹车。但只是一瞬间,接着他连摩托车都没有下,瞧瞧前后没有人。于是,便又一加油门,飞快地逃离了现场。

当心惊肉跳的夏小雷回到家后,浑身上下直流水。看着儿子淋成了落汤鸡,小雷妈既心痛又埋怨。小雷妈说:"你就不能等你爸把雨衣送到再来吗?瞧瞧都淋成啥样了,不感冒才怪呢。"

"你唠叨个啥?我不是觉着离家近嘛。你说,你说我爸去干啥了?他去给我送雨衣啦!"夏小雷接过他妈递给他的毛巾,一边擦头脸,一边问。

"咦?你路上没遇见吗?估摸着现在也就骑到半路上。"小雷妈唠叨说。

"他穿的是啥颜色的雨衣?"夏小雷一听,沉不住气了。

"黄色的,就是你原来上学时穿的那件车衣。怎么啦?路上没看见?"小雷妈给儿子解释说。

"啊?他是我爸。"夏小雷不听不要紧,一听吓一跳。等他猛然反应过来,连给他妈打个招呼都没有,便迅速冲出门外消失在雨幕中。任凭他妈在身后莫名其妙地大声喊让他拿把伞的话,也没听见。

雨,还在"哗哗"地下个不停。夏小雷拼命地跑在回来的路上,凭直觉,

他撞飞的那个人十有八九是自己的爸。

果然,当夏小雷上气不接下气地跑到事发地点一看,一下子便傻眼了:不是他爸还能是谁?

可是,一切都晚了。小雷爸已经瞪着两眼停止了呼吸,头上的鲜血和着雨水淌了一地。

看着死不瞑目的爸爸,夏小雷号啕大哭。

"轰隆隆"又是一声惊雷,把此时的夏小雷吓得激灵灵打了一个冷战。他感觉这雷声就是冲着自己来的,而且特别的响。

雨越下越大,炸雷声一个比一个响。雷声淹没了夏小雷的哭喊,雨水冲刷着悔恨的泪水,也在抽打着他那张稚嫩而又扭曲的脸……

左手,右手

十四岁的路程是个失去左手的伤残少年,谁知,他却成了小偷。

路程是他妈妈在半路上的"120"救护车里生下的,便起名"路程"。他的左手是三岁那年在家中看爸爸修理三轮车时,一不小心,把手伸进了飞速旋转的车轮里。从此,手腕以下就变成了一根肉棍棍。

当初,看着光秃秃的小手臂,路程还经常懂事地问爸妈说:"我长大了怎么干活挣钱啊?去上学人家老师会要我吗之类的话。"

每逢听到这些,只有初中文化的路程爸总是愧疚而又心疼地抚摩着儿子的头说:"好儿子,都怪爸爸没注意。不要紧,人家北京有个叫张海迪的阿姨，从小就瘫痪了还能当作家呢。外国有个叫奥什么斯基的，眼睛看不见，全身都瘫痪，还在病床上写了一部叫《钢铁是怎样炼成的》的书呢。你比他们强多了，等你上学有了出息，别再像爸爸似的当个整天蹬三轮出苦力的。咱没有左手，还有右手，别担心，你去上学老师肯定会要的。"

路程放心了。真像路程爸所说，路程入学以后，从幼儿园到小学毕业，学习成绩一直优秀。他的爸爸妈妈看在眼里，喜在眉梢。

然而，路程自从上了镇上的初中之后，没出一年，学习成绩急剧下降。不管老师怎样努力，他照样我行我素，没事就和几个学习差的同学一起往网吧跑。无奈之下，校方在期末考试前便通知路程爸去开家长会。

听完老师的介绍，路程爸一下子火冒三丈。当着班主任的面，抬手就是一巴掌。边打边骂说："好你个小王八羔子，你咋就不学好呢？我不是给你说过许多次吗，你已经少了一只手和别人不一样，不好好上学将来怎么会出息？以后谁来养活你？"

没想到路程不听则罢，一听之下比他爸爸的火气还要大。路程拧着脖子吼着说："还不都是你给我绞断的，人家有胳膊有腿的大学生都不好找工作，像我这样的上学还有什么用？我不上了，我回家帮我妈种地去。"话没说完，就拔腿跑没了踪影。

路程辍学了，不管爸妈再怎样软硬兼施，说轻了不理，重了就顶嘴。来硬的，他比兔子跑得还快，连在县城蹬三轮车的爸爸也撵不上。后来干脆就很少进家，成了一个在社会上偷偷摸摸的小混混。即使有时候被人家抓住，一看他是个残疾孩子，最多也就打几下放了。路程爸叹气，妈妈经常抹眼泪。而他竟还不当回事地笑着说，残疾人受法律保护，更何况我还是个未成年人，逮进去也不到判刑的年龄呢。

某个深秋，路程上网又没钱了。于是，他便在公交车上瞄上了一位右臂挎着精美坤包，身穿黑色风衣，戴着一副金边眼镜的中年妇女。

没料到路程刚在终点站把手伸进了人家的风衣衣兜，就被一只大手给抓住了。路程一看，是站在他身后的一个胖男人。男人说："你这孩子，干啥呢？"

路程知道失手了，顿时小脸吓得焦黄不敢回答。他本能地想挣脱那只手，可好几次都是徒劳。

路程无奈，只得在胖男人的牵引下走下了公交车。

然后，胖男人便紧走几步叫住了前面的那位妇女，问人家兜里少啥了没有。中年妇女先是一愣，接着就似乎明白发生了什么。等她查看完了衣兜后，一边说没少啥，一边用疑惑的目光看着路程和胖男人。

"大姐，我是派出所民警，刚才这孩子正在掏你的衣兜时被我抓住了。没少啥就好，你请便吧。"胖男人说完就要拽路程去派出所。路程第一次落在便衣警察手里，吓得两腿抽着筋求饶说，再也不敢去偷了。

中年妇女一见，这才完全明白是怎么一回事。她犹豫了一下，不但没生气，反而上前对路程说："你这孩子，干吗要掏妈妈的兜，要钱不能直接要吗，你看，这位警察叔叔都把你当成坏人了。来，帮妈妈提着包。"

说着，左手摘下肩上的那个坤包就递给了路程。然后又对满脸疑惑的警察说，路程是她儿子。

那只大手松开了，取而代之的是一只温暖的手。

就在路程摸不着头脑时，中年妇女赶忙又对他说："还不快谢谢警察叔叔。"于是，路程就像鸡啄米似的慌忙道谢。

那位警察摇着头走了，在当场，只剩下了中年妇女和路程。"孩子，请告诉我刚才肯定是场误会，对吗？"女人松开了路程的手问。

路程点点头，紧接着又摇摇头。意识中，他想马上跑掉，但手提着那个坤包却站在原地没动。

女人没有责怪，反而和蔼地一笑说："孩子，阿姨兜里没装钱，钱都在包里呢。你怎么不去上学呢，是不是爸爸打了你才跑出来的啊？是不是饿了？来，包里有钱我来给你拿。"

女人说着便弯下身去，但就在她伸手去接路程递给的那个包时，却突然愣住了。她一声惊呼，发现了路程光秃秃的左手臂。

"孩子,你的手……"女人问。

路程低着头依旧没有回答。与此同时,他也惊呆了。他看到了一只几乎和自己一模一样的手臂。所不同的只是,中年妇女失去的却是右手。

"阿姨,我……"

那一刻,路程的眼睛湿润了。

不久后,伤残少年路程重新走进了校园,他所就读的这所学校的副校长,就是那位没有右手的中年妇女。

九十九只千纸鹤

凛冽的北风裹着满天的雪花飘舞在车窗外,再过几天就是"大年"了,赵奇终于坐上了回家的公交车。

从被逮捕到现在已经快九年了,三千多个日日夜夜,九十九次亲人探监,他是掰着手指一天天熬过来的。当年在家里时就常听人说过这样的话:整天闲着无聊就像蹲监狱似的。可那时他没有那种感觉,他的生活节奏快得就像自己掏包的那只手,眨眼就是一天。

但自从进了拘留所的那天起,他才真正体会到了蹲监狱是个什么滋味。悔恨孤独的感觉,简直就是生不如死。第一次探监时,赵奇对来看他的妻子如是说。

据赵奇当年犯罪档案上记载:赵奇,二十五岁,小学文化。犯盗窃和伤害罪被判处有期徒刑十六年。犯罪过程是:在陪怀孕的妻子去医院查体时,因为盗窃失手逃跑未遂,便用弹簧刀捅了被害人一刀。所幸的是,当时医院抢救及时,被害人才幸免于难。否则的话,他的脑袋早就被一枪崩了。

你小子也太没人性了,人家看病的钱你也偷? 还差点儿要了人家的命。被捕后,负责审案的警察气愤地拍着桌子说。入监后,许多犯人也曾这样骂过他。

其实当年在现场看到那人捂着肚子倒下的那一刻,赵奇马上就后悔了。要不是妻子惊恐地吓瘫在地上,他恐怕早就脚底下抹油了,绝不会任凭迅速赶到的保安当场把他摁住。

"认识你两年了,真没想到你竟是这种人。"入狱后,妻子来和他办理离婚手续时气愤而又伤心地说。

"铃子,我错了,我保证痛改前非重新做人行吗? 求求你,看在刚满月的儿子分上,就给我一次机会吧。"赵奇跪在地上乞求着,忏悔着,死活就是不在离婚书上签字。

后来,经过监狱人民警察的多次耐心说服和劝导,妻子才勉强答应看他今后在监狱里的表现,每一次探监都是千叮咛万嘱咐。真情所致,金石为开。赵奇通过法律学习终于悔改醒悟了。十六年刑期,经过他的努力改造,一次次地获得减刑。刑期刚过半,他便被提前释放。

自由了,我终于又获得自由啦。铃子,再过几小时我们就可以团聚了,谢谢你多年来对我的真情厚意。赵奇坐在靠后车窗的座位上看着车窗外就像一只只白色的千纸鹤一样飞舞的雪花,他的心早已飞回到了妻儿的身边。赵奇知道,自己打劳改度日如年的感觉不好过,但自己是自作自受罪有应得。可作为受到伤害的每一位亲人,尤其才结婚不久就守了活寡的妻子,那种伤心艰难的滋味比他更难过。好就好在每月一次接见,夫妻还能经常见面。要不,铃子的精神世界早就崩溃了。

"铃子,我学着给你写了一些情诗,回家以后送给你,也算是我对你多年来的思念和爱恋。"每一次接见完,赵奇就抑制不住激动的心情写上几首诗,虽然很直白,但却情真意切。上个月妻子带着儿子又来看他的时候,赵奇很得意也很神秘地告诉了铃子出狱的消息。

"就你那水平，能写出啥好诗来，还不是胡诌八扯啊？"铃子当时曾笑话他说。

"我还在《育新报》上发表过多次呢，现在都已经高中毕业了，你可别拿村长不当干部哟。"赵奇认真地在炫耀自己，好像中了个什么大奖似的。

中巴车在路上不紧不慢地往县城行驶着，赵奇的思绪仿佛早已回到了亲人身边。他看看脚下的行李包，发自内心地一笑：亲爱的铃子，我要给你个惊喜呢。

但就在赵奇收回目光的同时，他却突然发现坐在外面位置上的那个黄毛小子正伸出了一只罪恶的手，迅速地拿走了邻座上只有一位女乘客的小手提包，并马上揣进了半掩的大衣里，然后便装作一副若无其事的样子准备下车。

那是抱着一个小女孩的青年妇女，一看就知道是到城里去给女儿看病的。因为漂亮可爱的小女孩胳膊上还吊着一条绷带。

"喂，放回去。"赵奇用胳膊肘碰了一下黄毛小子命令道。他看得出来，这是一个可能才入道不久的小毛贼，看年龄不过十七八岁，大概另外还有同伙。赵奇目光一扫，马上便发现了一个"爆炸头"的小子。但他不怕。哼，敢在大爷面前班门弄斧，你们还嫩点。

可小毛贼转头翻了翻眼皮，理都没理，只冷笑了一声。那意思是不让赵奇管闲事。

赵奇岂能坐视不管？九年前的自己就是一个很好的例子，怎么能再眼睁睁地看着他人重蹈自己的老路去危害别人呢？

于是，赵奇愤怒了。转身一把抓住盗贼的手腕，而另一只手则以迅雷不及掩耳之势，手疾眼快地把那位女乘客的皮包从大衣里面给拽了出来。可这一来，原形毕露的黄毛贼还没等赵奇反应过来，却突然站起来用另一只早已准备好的手中匕首，狠狠地对着他的胸口就是一刀。

赵奇还没来得及站起来，便手捂胸口痛苦地趴在了座位上。

本来很安静的车内顿时大乱,等几十位乘客和中巴车司机明白过来,黄毛贼和他的"爆炸头"同伙,已经用刀在威胁他们了。

车停了,两个盗贼蹿出门外夺路而逃。等他们下午在一个村庄里被逮住的时候,赵奇却永远停止了呼吸。

在民警整理赵奇的遗物时,他们不光发现了他放在上衣口袋里用血染红的释放证,并且还从他的行李包中发现了用橡皮筋捆扎的几沓折叠得整整齐齐的千纸鹤,而且每只千纸鹤洁白的翅膀上还写有一首情诗。数一数,一共九十九个。也就是说,正好是赵奇在监狱里度过的月份和妻子探视过他的次数。

时光沐浴着星辰 / 爱 / 在梦中长上了一对翅膀 / 飞越高墙 / 跨越电网 / 飞进了家乡 / 飞到了我美丽的爱人 / 夏娃身旁 / 给她一个深情的吻 / 那吻 / 甜美而又久远。

看着一只只千纸鹤,读着一首首充满思念的情诗,所有在场的人无不热泪盈眶。

未婚奶娘

娇月抱着才三个月的女婴回到家的那一天,小镇上一片哗然。娇月父母更是无法接受这对不是母女的母女。

"妈,这孩子不是我的,她是和我一块打工的一个好姐妹生的。男人把她甩了,她就撇下这孩子跳了楼,我看着可怜就抱回来了。"娇月给母亲一再解释说。

娇月妈起初不信,等她检查完了女儿的乳房和肚皮后,虽然还是半信半疑,但语气明显地温和了许多。

"我相信,你爸也能信,可唾沫星子淹死人啊。一个大姑娘家从外面抱个娃娃回来,再解释人家也不会相信咱。再说,传出去你以后还咋找婆家呢?"娇月妈念叨说。

可娇月却不以为然地说:"身正不怕影子斜,谁愿咋说谁咋说,反正不是我的。"

但说归说,做起来却难。买奶粉,看孩子,洗尿布不说,有母亲帮忙还说得过去,可闲话就像一根针,扎得他们一家实在受不了。

娇月走在大街上,不光那些不怀好意的男人们眼睛直勾勾地瞅她的胸,就连女人们也似乎想扒光她的衣服,看看她鼓胀的乳房是不是有奶水。

"说瞎话谁信呢,你看那对鼓鼓囊囊的大奶子,肯定是奶孩子奶的。要不哪有这么大?"街上的女人爱扎堆,迎面看到走过来的娇月,她们便在一起咬耳朵。

"谁说不是呢?两年没回家过年了,十有八九是她的私孩子。唉,现在的年轻人啊,什么事情都干得出来。"女人们在闲吃萝卜瞎琢磨。

娇月每次听了,总会狠狠地剜她们一眼快步走过。而背后却常常传来讥笑声。

娇月妈也同样遭遇很多次尴尬,只要一出门,就会有女人问这问那。"娇月妈,外孙女姓啥叫啥咋上户口本啊?是喂奶粉,还是吃奶呢?"直把娇月妈问得脸上红一阵白一阵,不知怎样回答才好。

尤其是娇月爸,当他听到了一些闲言碎语后,回到家就忍不住发火了。"这算啥?你让我这老脸往哪搁?该给谁给谁,该往哪扔往哪扔。"

娇月面对这些与之俱来的巨大压力,真是左右为难。别人不要,父母不留,无奈之下,她只好选择了舍弃孩子。

这天一大早,娇月便把还在熟睡中的女婴放在了村东头的桥头上,希望能有好心人收养。可当她恋恋不舍地刚走出几米远的时候，孩子却突然醒了，哇哇地哭起来。凄厉的哭声划过黎明前的夜空，就像一把尖刀深深扎在娇月的心上，让她难以离去。冲过去重新抱起可怜的孩子，娇月已是泪流满面，泣不成声。

重新抱回孩子的那一刻，娇月便决心已定。她打算马上收拾一下行李，抱上女婴再立即重返那个千里之外的城市去打工，不管再苦再累，她也要把好朋友的遗婴喂养大。没想到就在当天中午，她在县城长途汽车站候车室里抱着孩子等车的时候，一场突如其来的大地震，把正在用奶瓶给孩子喂奶粉的娇月埋在废墟下。

所幸的是，娇月和孩子都没有当场而失去生命。只是，娇月被倒塌的楼板砸断了双腿，让瓦砾埋住了下身，孩子却在她怀中安然无恙。

黑暗中，娇月的呼救就像一只被困在石洞里的猫一样，声音微弱而又苍白无力。

孩子哭了，娇月赶紧把还紧握在手中的奶瓶摸索着往她小嘴里塞，把仅存的一点奶粉喂给了孩子。生怕被惊吓的孩子饿着了，渴着了。

一天一夜过去了，奶瓶已成为空瓶，橡胶奶嘴已再也不能让饥饿的女婴停止号哭。听着孩子已经沙哑的哭声，感觉着孩子的小手在抓挠着自己的胸脯，困境中的娇月无奈之下，只好撕开了衣衫和奶罩，把处女那没有奶水的小乳头塞进了女婴的嘴里。不懂事的孩子哪管这些，小嘴便是一阵猛吸，让娇月顿时感到一阵阵战栗和疼痛。可这样做根本没有用，还是无法阻止孩子越来越微弱的哭声。

娇月感到了绝望，绝望的娇月把手在瓦砾中抠出了血。血？一个念头一闪，娇月突然想到了不久前曾在一本杂志上看到过一篇叫《血奶》的文章，里面写的就是一个女人在废墟下用划破了的手指救活了自己孩子的故事。意念一动，娇月立即毫不犹豫地将自己的一个手指狠狠地咬了一口，然后迅速地塞进了女婴的嘴里。

三天过后，当武警官兵用生命测试仪探到并手挖肩抬地把娇月和孩子从废墟里扒出来的时候,他们无不感到震撼:娇月因为流血过多已停止了呼吸,可孩子却嘴里含着她的手指还活着。再仔细一看,娇月的十根手指都被孩子吸吮得干净而惨白,每个上面都有一个被咬破的小洞。

美丽的娇月竟是用自己的生命和鲜血,挽救了一个并不属于自己的孩子。

葫芦丝

只要天边的那一抹彩霞散尽,娟子就会在家里静等那清脆而又急促的自行车铃声。那种期盼,那种激动,只有情窦初开的少女才会有如此坐立不安的感觉。

"带葫芦丝了吗?"几乎每次上了车后她就会问上一句。

"不敢不带!"每次他都会嬉皮笑脸地这样回答。

"贫嘴。"尽管心里甜丝丝的,但娟子总会拍拍他的后背。

一想到他,娟子的心就像满山遍野的红杜鹃一样绽放。毕竟是初恋,那坐在后车架上两手搂腰,甜蜜而幸福的感觉,那种赶都赶不去的浓浓的男人气息,实在让她心动不已。

"山子哥,你会为我吹一辈子的葫芦丝吗?"有一次娟子听他吹完了自己最喜欢的那首《月光下的凤尾竹》后,依偎在山子的肩头上问。

"当然会的,只要你愿意。"山子答。

"你还回山东吗?"娟子总是有点不放心。

"回呀,要回就带个叫娟子的媳妇回去!"山子笑着说。

娟子知道山子说的是实话,要不他也不会大老远地骑十多里山路来和她约会。她相信缘分,相信月老下的许诺。

"山子哥,你最喜欢什么花?"娟子遥望着天上的明月眨着眼又问。

"当然是你这样的花喽。"山子总爱开玩笑地把娟子比作杜鹃花。

娟子笑了。就使劲挠着山子的胳肢窝说:"你坏,你是个大坏蛋!"

春去秋来,花落花开。转眼又到了杜鹃花开的季节。山子为娟子已经吹了一年的葫芦丝,葫芦丝见证了两个人的爱情。

昨天还是花骨朵,今天就是一朵花,一朵美丽的杜鹃花。

一天傍晚,山子又把娟子带到了离她家不远山下的小溪边。一下车,两个人就是一阵狂吻,然后才坐下来依偎在一起说悄悄话。今天山子特高兴,禁不住诗兴大发。

"你坏蛋。"娟子明白山子是在说他们昨天晚上的事。

我今天给你吹一首《沂蒙山小调》吧!

没等娟子答应,山子就把葫芦丝吹响了。腮帮子一鼓一收,大山里就流淌出悠长而又浑厚的音符。

娟子很佩服山子的才华。来到山里的一所中学支教才不到两年,葫芦丝就已吹得出神入化。去年初春在花店卖花认识他的时候,山子呜里哇啦把《敖包相会》刚能吹成曲。没想到只一年多的时间不但吹得很动听,而且还教会了她。山子说,他山东老家只有唢呐二胡什么的,很难见到也很少有人会吹葫芦丝,他是从电视上看到了这个宝贝后才喜欢上的。今生有缘爱上了南方的宝葫芦和美女,是他一生的两大幸事,他决定永远扎根在山南水乡。

看着如痴如醉还在演奏葫芦丝的山子,娟子幸福地闭上了眼睛。每天夜晚,她都像这样是枕着葫芦丝的声音入梦的。

葫芦声声,声如春雷。一会儿激越,一会儿悠长。古朴典雅的声音在大山里回荡,给山峦树木和溪水带来了灵性。

"好听吗？"山子吹完后伸了一下胳臂。

"好听。山子哥，想家了吧？你什么时候娶我呀？"娟子问。

"明年吧，等到杜鹃花再开的时候，你就会成为我的新娘！"山子搂住娟子的腰说。

"可是我怕……"娟子柔顺地倒在山子的怀里。

"怕啥？"山子不解。

"傻瓜，你说呢？"娟子亲了山子一下。

"哦，我明白了。怀了宝宝咱就结婚，好吗？"山子恍然大悟。

"说话一定要算数呦！"娟子靠在了山子大山一样的胸脯上甜蜜地笑了。

然而有一天，夜幕早已拉上帷幕，娟子左等右等就是听不见那声约会的暗号。于是，她就打山子的手机，也不知打了多少遍，提示音总是说无法接通。直急得娟子一晚上耳边不是车铃声就是葫芦丝的声音。

第二天早晨，噩耗传来。山子所在学校通知娟子说，山子昨天下午去送一个学生看完病后，在返校的山路上遇到非法的狩猎者捕获野猪，他上前制止时被歹徒推下山崖身亡。

娟子一听，当场就昏了过去。

山子的家人来接他的骨灰回山东的那天，当地村民和学生纷纷前来送行。娟子按山子家乡的风俗为他披麻戴孝。一身素服就像洁白的白杜鹃，俨然一个已过门的媳妇。

临别，娟子要走了那个带有山子气息，曾经为她吹响不知多少遍的葫芦丝。走出学校老远，她还捧在胸前久久不肯放手。

杜鹃花又开了。从那以后，山上多了一个志愿守护山林的女孩。山下的小溪边，每到傍晚人们就会看到有一个美丽的女孩在吹奏葫芦丝。那声音，如泣如诉。

红腰带

男孩在谈了几个女朋友之后,终于要与这个女孩订婚了。

这次男孩女孩一见钟情,各自的家长也都满意。于是,经过一年多的相处,他们就按当地的风俗选了个定亲的吉日。

定亲这天,按照惯例上午得进城买衣服鞋袜等,然后中午才回家摆喜宴。

男孩女孩相约来到城里后,等大包小包都置办完了。女孩说:"就差一样东西还没买。"

男孩问:"哪一样?"

女孩娇嗔地白了男孩一眼:"憨样,你就不怕我跑了呀?"

男孩恍然大悟:"对,忘了给你买腰带了!"

他们当地有这样一种说法:别的东西可以不买,定亲这天必须要买一条红色的腰带送给女方。其用意是用腰带拴住姑娘,要让她一生一世永相随。

男孩女孩满头大汗来到皮具专柜。

女孩看上了一条红玫瑰色的腰带。价格一百七十九元。

"这种颜色就这一条了,小妹妹,你很有眼力。"美丽的女服务员笑眯眯地说。

男孩劝女孩:"这条不错,买下吧?"

"可惜只有一条了,价格还这么贵。能便宜点吗?"女孩想讨价还价。

"你可是百里挑一耶！这价格多吉利啊,要妻长久呢！"女服务员一语双关,嘴巴甜得就像抹了蜜。

"贵点怕啥？便宜的没好货！这是名牌,质量肯定不错。小姐,给开票吧。"男孩听了心里美滋滋的。

买完了腰带,已近中午。男孩和女孩兴高采烈地走出超市,一起来到大街上,准备坐公交车回家去喝定亲酒。

然而,意想不到的事情发生了。一辆酒后驾驶疾驰而来的小货车,把走在前面的女孩撞翻在地。

女孩从此失去了修长的左腿。

当女孩动完手术看着自己一条空空的裤管时,她抱住男孩放声大哭,怎么也接受不了这一残酷的事实。要死要活闹了好几天,冷静下来以后,她开始对男孩下逐客令。

"你走吧,我一辈子不再嫁人！"女孩的脸色冷若冰霜。

"为什么撵我走？"男孩也承受着很大的思想压力,但却不走。

"我都这样了,你还死皮赖脸地在这干啥？"女孩的话越来越难听。

"我又不嫌你,你说这么难听干啥？"男孩的眼里泪在转。

"滚,我谁都不嫁！"女孩对着男孩吼。

"我就不走,随便你骂。"男孩的泪水掉下来,他知道女孩是故意的,任凭女孩怎么骂就是不走。

女孩蒙上被子号啕。男孩的嘴唇咬出了血。

女孩一连半个月不理男孩,男孩照样默默陪在左右。

女孩终于被男孩的真情打动了,她接纳了他。

出院的那天,男孩买了一束火红的玫瑰送给女孩说:去我家吧,咱俩今天再补上那次的定亲酒。

女孩激动地问:"你爸妈同意了吗？他们不再嫌我是个瘸子啦？"

女孩知道,自从她被轧断腿以后,男孩的父母就让他们断绝关系。但男孩却不顾父母的反对,每天在医院里照顾她。端水倒尿,细心周到。感动得女孩和她的父母直掉眼泪儿。

男孩高兴地说："昨天我给他们说清了，要想要我这个儿子就必须接纳你。否则，我就去你家当上门女婿。后来他们终于同意我来接你去定亲啦！你今天得改口喊爸妈呢。"

女孩的眼睛红了，泪水溢满了眼眶，随后便泪流满面："你将来就不后悔吗？"

"为什么要后悔？这是我心甘情愿的。既然给你买了腰带，我们就要永远绑在一起。那条腰带还在吗？"男孩真诚地在表达着自己的爱意。

女孩幸福地笑了："嗯，刚才你还没有来的时候我就已经把它系上了，你看！"

女孩掀起衣服，一截白皙光滑的肚皮下，那条红腰带很是艳丽夺目。

>>>> PART 2

真爱是佛

　　潘老师笑了,笑得高深莫测。他反问我说:"你现在已为人父,为人师,还是一名作家兼编辑。难道说你还没禅悟出人间之大爱吗?佛既为师祖,慈善方可包容天下。科圣墨子说得好,兼爱包容,方可成佛啊。"

心莲的嫁妆

心莲出嫁的这个日子选得真好,东方刚露鱼肚白,不但秋高气爽,而且还是九九"重阳节"。

定日子的时候,瞎婆说:"心莲啊,年纪轻轻地凑哪个节不好,为啥偏偏要选个老人过的节?"

心莲笑着说:"娘啊,这你就不知道了吧?九九重阳天长地久,更何况我们都老大不小了又不是第一次结婚,九九归一,谁还没有老的时候呢。"

瞎婆当时本想说:"就你有理,我永远也说不过你。"但她话到嘴边就咽下去了。她知道,自从独生儿子大顺娶了心莲没到两年便出车祸死了之后,她又哭瞎了眼摔断了腿,心莲从此就成了家里的顶梁柱,一直没有再嫁人。心莲对别人说,她不能对不起死去的大顺,撂下瞎眼的婆婆不管不问,等她把儿子养大成人再打算那些事。可是现在,瞎婆的孙子才七岁却被检查出患有先天性心脏病,光治疗费就得十几万元,迫于无奈,心莲才不得不委曲求全,便答应嫁给那个比她大二十岁的阔老板了。

今天一大早,几乎一夜没睡的瞎婆,当她听到挂在她屋子里的老式挂钟响过五下时,她就穿上心莲给她买来的新衣裳,摸索着下床想出门了。她并不是想去寻死,而是想出去躲一躲,免得自己忍不住伤心落泪,影响心莲的喜日子。

谁知,瞎婆刚拄着一根拐棍打开屋门走到院子里,起得比她还要早的心莲却已经打开院门从外面一步迈进来拦住了她。

心莲声音沙哑地说："娘，天刚放亮，你起这么早干啥呢？外面凉，快进屋里歇着吧。"

瞎婆无奈，只好说睡不着了想上厕所。于是，她在心莲的搀扶下去了一趟厕所后又重新回到屋中，坐在了一个破沙发上。

尽管瞎婆的眼睛看不见，耳朵却不聋。她一边侧耳听着心莲给她收拾床铺，一边婆媳俩说着闲话。瞎婆有好几次都想说，让心莲临"上轿"前千万别忘了给放在儿媳房间的大顺遗像烧点纸钱。但思量了半天也没能张开口。

其实，瞎婆自打得知儿媳要嫁人的那天起，她早就计划好了。虽然表面上满口答应心莲改嫁后也把她带去养老的话，但实际上她却早在一个夏季里，分好几次偷偷用一个空瓶子倒了心莲放在窗台上的农药，藏到了自己的枕头下。只要心莲头天出嫁，她就打算在第二天到天堂里去找儿子和已经死了多年的老伴。在这之前，瞎婆也曾多次想过死，可每次她都放弃了。因为她害怕心莲按照当地风俗得给她守孝满"周年"。她认为，儿媳改嫁早点晚点不要紧，但万万不能耽误了给孙子治病。

火红的太阳一竿子高的时候，街坊邻居们都陆陆续续地来到瞎婆家，准备打发心莲出嫁。

听着一声声对心莲化妆后的赞美，瞎婆的心里比刀扎得还难受。她对陪着前来和她说话的刘婶长吁短叹地说："要不是给孙子看病，人家再有钱，心莲也不会走这条路啊，真是委屈了咱苦命的娃啦。"

刘婶也抹着泪说："谁说不是呢，心莲这孩子心眼就是好，宁愿苦自己也得给孩子看病和把你带去养老。这不，一大早我去赶集时就在半路上正巧遇见她刚从你们家的坟地上回来，眼泪还没擦干呢。一问才知道，原来是她去给大顺烧纸上坟去的。你说，现在像她这么懂事孝顺的孩子真是少见啊。"

就在两位老太太擦眼抹泪的时候，外面一阵鞭炮响，迎娶心莲的车队到了。

真爱是佛

随着吹吹打打的鼓乐声在院子里一阵紧接一阵,每一下都像敲在了瞎婆的心上一样疼痛。按照规矩,她得等着儿媳和孙子的拜别仪式。

果然,就在瞎婆伤心落泪时,一袭婚纱美丽端庄的心莲来了。可走到瞎婆面前并没有磕头,而是搀起她往外走。并且边走边说,这头要到城里去磕。

瞎婆闻听此言,就疑惑地问心莲说:"咱娘俩不是已经都商量妥了过两天你再来接我吗,怎么现在又突然变卦了呢?"

心莲说:"你就别问这么多了,谁叫你让我不放心呢。"

瞎婆一听明白了,马上就想起了刚才心莲给她收拾床铺的事情来。十有八九是心莲发现了她藏在枕头底下的农药瓶了。

这时,前来迎亲的嫁妆头问心莲说:"嫂子,怎么没有看见你的嫁妆呢?"

只听心莲轻轻一笑说:"城里啥没有啊,就缺一个像俺娘这样的老寿星了。我的陪嫁比啥都贵重呢。"

心莲说这句话的时候,现场的婶子大娘,没有一个不抹泪的。瞎婆更是泣不成声。

染发

女人第一次染了淡黄色的头发梢时问男人:"好看吗?"

男人前看后看,左瞧右瞧:"嗯,好看!"

女人心里喜滋滋的。

女人第一次染了一半的黄头发，回到家又问男人："比染头发梢好看吧？"

男人扫了一眼妻子，淡淡地答道："你感觉好看就是好看。"

女人噘起了小嘴。

过了一段时间，女人又变成了金发女郎，兴高采烈地回到家，可还没等她再张口，男人先是一愣，然后就两眼直直地瞪着妻子的黑眼球火冒三丈："你吃饱了撑的？中不中洋不洋，你照照镜子看看自己还像个中国人吗？"

女人就像被泼了一头冷水，一下子傻傻地站在了那里，嘟嘟囔囔着解释说："俺科里的几个姐妹都染啦，现在不是流行吗？人家还有染绿色的呢！少见多怪。"

"好好好，你愿怎么臭美就怎么臭美吧！"男人满脸阴沉地继续打电脑，把键盘敲得惊心动魄。

女人从那时起就再也不染黄头发了，只染黑色。

男人说："这样多好，看着顺眼顺心。"

可女人心里总有一丝不愉快，尤其是看到姐妹们比谁的头发染得时尚好看的时候，她既羡慕又有点儿嫉妒。姐妹们问她："怎么不染了，是不是老公反对呀？"

她笑笑，笑得极不自然："不是，是爸妈不让。"

到了年底，她们单位统一查体，她被查出患了子宫癌。一家人全蒙了，夫妻俩晚上抱头大哭。第二天，她就住进了医院。

接着就是吃药打针手术化疗。几个月后，女人瘦得皮包骨头，头发也掉得所剩无几。丈夫看在眼里疼在心里，本来很魁梧的他，不光掉了几十斤肉，而且还苍老了许多。不过值得庆幸的是，女人的病情发现得及时，病情才得到了有效控制。于是，医生就建议她出院回家继续用药物辅助治疗。

出院的这天，丈夫办完了出院手续，全家人都忙着拾掇物品，却不见了他的身影。正要打手机询问时，丈夫满头大汗气喘吁吁地跑进了病房，手里还拿着一个精美的包装盒。

女人说："这里我一秒我都不想再多待了，你还有心去买东西？"

男人听到妻子的抱怨,不但不生气,反而笑着问:"你猜我买了什么?"

女人摇摇光秃秃的头,一家人都用疑惑的目光看着男人把盒子打开。

假发! 一个金黄色的头套在男人的手中抖落出一片金光。

妻子看着亲爱的丈夫,她笑了,泪水夺眶而出。

药引子

十年前,当教师的儿子患上了尿毒症,老刘不光卖了已经在村里辛辛苦苦经营了十几年的小商店,而且还欠下了一屁股债。接着又义无反顾地换给了儿子一个肾,为儿子保住了一条命和一个完整的家。那几年,儿子儿媳对老刘尽心尽孝,对校方给他们捐款的老师和学生们也是感激不尽。

然而,外债刚还上,今年春天,六十五岁的老刘却又突然被查出得了肺癌晚期,一下子便卧床不起了。

一开始,问寒问暖打针吃药儿子儿媳照顾得还可以。可过了一个多月后,两个人到床前的次数明显减少,忙前忙后都是病病快快的老伴。久病床前无孝子,老刘明白这个理。但吃药打针要花钱,油盐酱醋要花钱,没有钱就只有给儿子要。可要了几次后,儿子儿媳却干脆连来都不来他们家的老屋了。尽管老伴去了几次儿子家里去要,但先是给五十,后来却是一次次地减少到了十块八块,而且还得看儿媳的脸色,听她的闲话。

看着每次回来都唉声叹气偷偷抹泪的老伴,老刘的心里很痛,好像被盐水腌泡了一样。他不相信一个月两千多元工资的儿子连给他买点止痛药的钱都没有,他以为这都是儿媳从中作梗,在找借口。

于是,无奈之下,老刘决定看看儿子是什么反应。

一个星期天的上午,老刘让老伴去给儿子说,他快不行了,要交代他的后事,免得不定哪会儿突然咽了气就来不及了。

老伴去了,很快,半个多月没露面的儿子也跟了过来。老刘看着油光满面站在床前的儿子,心里虽然来气,但还是强压怒火叫着儿子的小名说:"洪恩啊,这几天我心口疼得难受,赶快再给我挂两天吊瓶吧。要不,我恐怕连明天也撑不过去了。"

"怎么?没有药了吗?打针还不如吃药管用呢。"儿子似乎感到愕然地说。

儿子的故作惊讶,让老刘看在眼里,痛在心中,他好像被蝎子蜇了一下,打了一个寒战。

"你爸都断了好几天的药了,要不也不会去叫你来看看应该怎么办。"老刘的老伴没好气地说了一句。

"连医生都没有回天之术,我也没有什么办法啊!就这样熬着呗。要不,改天我去给你抓副中药吃吃看?"儿子说着说着又要溜。

老刘躺在床上终于忍不下去了,连咳了几声咳出了一口血后气愤地喊道:"你个王八犊子别慌走,替你娘把她给我找的那个药引子从橱子顶上拿下来。"

儿子似乎不情愿地停住了脚步,然后在他娘的指点下,从一个旧衣橱上找到了那个盛"药引子"的小木盒。

"这是找的啥药引子啊,还包得这么严实?怎么像个黑不溜秋的石头蛋呢?"儿子拿下来好奇地打开后,疑惑地嘟囔着说。

"连你自己身上掉下来的东西都不认识啦?是不是时间一长变黑也变霉了?"老刘气喘吁吁地冷笑了一声说。

"它不就是你爸当年给你换的那个肾吗?"刘老太太狠狠地瞪了儿子一眼说。

儿子愣了一下，马上想起那年春天手术后，父亲曾从医生那里要回来的那个自己的坏肾。记得当时父亲对住在同一病房反对留肾的他说，要留个念想，也好记住那些帮助过他们的好心人。

这下，该儿子的心口疼了。

只见他打了一个冷战捂着心口说："爸，我知道错了，这就带您去医院……"

拜佛

仁守年从前不信鬼神不信邪，只相信共产党的政策和自己的努力及双手。

然而，自打前几年从镇政府办理了退休手续，接着又从父母手里接管了在镇子里的大街上一直不温不火的小饭店后，却不是烧香，就是拜佛。尽管国家有明文规定，禁止所有的共产党员加入邪教组织或求神问卜，但他每到逢年过节或开张营业的那天，总把大门关得严严实实。然后净手掸衣，恭恭敬敬地便请出了那尊父母已供奉了多年的财神爷塑像。点上三炷香，香烟袅袅如仙境；摆上几盘水果，尽管人间的水果不能像天上蟠桃园的仙桃那样，吃了可以长生不老，但供奉的苹果香蕉等却都是从瓜果市场买来的最好最新鲜的。最后再斟上两杯刚开封的好酒，先敬天后敬地，酒香浓郁又扑鼻。那种虔诚，那种严肃认真，即使给他父母拜年时也没有这样过。

也许是他的真诚感动了财神爷赵公明，也许是他经营有方或请来的大厨手艺精。但不管怎样说,在他接手后的近几年里,生意红火财源广进。昔日的小饭店被改建成了今天在镇上也是数得着的大饭店。直高兴得他年迈的父母逢人便说,这都是财神爷保佑的。并且还说,儿子从前反对那是端公家的饭碗没办法,现在他比谁都迷。

其实父母说的不是没有根据,因为仁守年多年前曾对每年都要烧几次香,拜几回佛的父母说过这样的话。他说,生意都是人做的,即使把头磕破了,财神爷也不会给你从天上往下掉金子。可他父母马上就反驳他说,你懂个屁,祈福求神老天才能保平安,财神爷才会给咱降财运。别说咱普通老百姓,就连有些当大官的还偷偷地烧香拜佛问前程呢。你去打听打听,哪家做生意的不看个黄道吉日,往自家请个财神啥的? 仁守年笑笑说,谁愿意信谁信,反正我这辈子肯定不信。

谁知,他当年说的这话太绝对了,还没等他到了父母当年的年龄,却不信则已,一信便迷。与他父母比起来,毫不逊色。

这不,今年大年三十这天上午,别人家的饭店都照常营业,而他却一改往年的规矩对妻子说,他不光提前关门大吉,今年不在家里烧香磕头了,还要提前到财神庙里去拜佛。说什么庙里的财神爷才是真佛更灵验,一定要好好地感谢大仙对他们家的恩赐。不只是让妻子去,还要带上今年才刚上大学的儿子一起去。妻子说,还是咱俩去吧,求神信鬼的事情对儿子会影响不好。然而,仁守年却说,让儿子接受一下神学中的佛教也并不是什么坏事。

妻子一听就默许了。可对丈夫正往自己家刚买不久的小轿车上装的那些礼物却又不解了。她问丈夫说,只带点水果就行呗,你带这么多东西去干啥? 没想到仁守年听后却故作神秘地回答说,这年头,庙里和尚也收礼,拿少了恐怕他们嫌咱心不诚呢。

说完,仁守年夫妻便叫上儿子,开始出发了。

可是,车开出了没多远,仁守年的妻子发现,丈夫的车没往古路口的财神庙方向去,竟拐向了右边的另一条便道。

妻子顿时疑惑地问,你是不是走错道了?往左拐才是去财神庙的路呢。

但仁守年却哈哈一笑说,没走错,这条道上的财神庙比古路口那座庙里的神仙多,他们才是我们要拜的真佛呢。

妻子心里更是疑惑不解:从没听说过这条路上还有另外一座财神庙啊?可没等她开口,车子已经拐向了路旁的一个大院。她一看,只见院门口挂着的大牌子上写着"杨庄镇敬老院"几个大字。她这才恍然大悟:丈夫曾在镇民政所下属的这个敬老院里干了十几年的管理员,已经对这里的孤寡老人产生了非常深厚的感情。原来他要拜的却是这些心目中的佛啊!

水韵荷花

荷花出狱的这天,没想到山水能来娘家看她。面对从小一块长大的昔日恋人,荷花的心里很不是滋味,她感到欠山水的实在太多。

山水排行老三,打小就喜欢爬山玩水。山洞里掏鸟蛋,湖里摸鱼,不管多少,他都会先给荷花,然后把剩下的才拿回自己家。

"三哥,俺不要你的东西,俺只是跟你玩。"荷花每一次都不肯要,总是摇着小手拒绝。

"如果不要以后就别再跟我玩!"山水总会装作生气的样子吓唬荷花。

没办法,荷花就只好接过来说:"三哥,俺只要一个行吗?"

"给你就拿着,干吗不听话!"山水大人似的说荷花。于是,荷花就拿了。

荷花是山水的影子,山水到哪荷花就跟到哪。要想不让她跟屁虫似的一块玩,荷花就会噘起粉嘟嘟的小嘴几天不理山水,看见了就用她那双好看的丹凤眼剜他。山水可受不了,他从心里喜欢荷花。一块扎堆的小孩都说荷花是山水的媳妇。

一年夏天,已上初中的山水放学后,在湖边的浅水区只摸到了一条半斤多的红须鲤鱼。眼看天就快黑了,山水只得上了岸。

"三哥,俺有事,俺先走了啊!"荷花很聪明,她一看今天只有一条鱼,再不走山水肯定又给她。一见山水上了岸,马上放下鱼就走。

山水正穿鞋,慌忙提起鲤鱼紧跑几步就追上了小跑似的荷花。"你娘有病,不要也得要!俺家里有俺哥用网撒的还没吃完呢!"说着便硬往荷花手里塞提鱼的铁丝。

荷花甩着手死活不肯要,山水生气了,又用老办法吓唬她。可荷花这次却坚决地说:"你再逼俺,俺今后就真的不再跟你玩了。"

见荷花认了真,山水便没了脾气,只好提着鱼跟在后面走。尽管后来山水还是亲手把鱼交给了有哮喘病的荷花娘,但从此荷花就很少跟他在一起玩了。山水的心里就像少了啥似的。他知道荷花不是真生气,而是他们都长大了。荷花的羊角辫已经长成了长辫子,他的光葫芦,也变成了小平头。

一天,荷花娘对荷花说:"山水这孩子长得机灵心眼儿也好,就是兄弟多家里太穷。"

荷花听出了娘的意思,没吱声。她知道过家家的年龄已经一去不复返了。

"三哥,明天俺就要定亲了,你给俺拿个主意吧?"山水和荷花先后初中毕业都在家务农,几年后,荷花定亲的头天晚上,她把山水约到了村后的一块大石头旁。

"你问我我怎么知道?"山水本来不想跟荷花出来,自打他听说荷花要订婚,心里始终不顺溜,看见荷花就躲。今天要不是觉得荷花去他家约他出来,他根本就不会和她再见面。山水心里正难受呢。

"干吗生那么大的气?俺让你领俺跑你不肯,说怕气死了俺娘,谁叫你

心肠软家里又穷呢？俺也不想嫁个年龄大腿又瘸的。可俺爹是个财迷，老想着给俺哥娶个媳妇。你生俺的气干啥？俺死的心都有呢！"荷花倚在大石上用手绞着辫子幽怨地说。

山水用手击石，带着哭腔说："我没生你的气，我是在气我自己没有熊本事娶你。"

荷花看见山水痛苦的样子，便心疼地抓住他的手说："三哥，别再心烦了，这就是咱俩的命。"

"荷花，俺不想让你走啊！"山水一把抱住荷花哭了。

"哥，俺的心永远都是你的。"那晚荷花把处女身献给了她的心上人。

临分手的时候，荷花送给了山水两双绣着鸳鸯戏水的鞋垫和一个心形的荷包。

人生就像四季风，有阴有雨也有晴。人到中年的时候，山水成了村里跑船搞运输的大户。昔日的穷小子变成了拥有两条好几十吨位的钢板船，和近千万资产的大款。富起来的山水买了私家车和城宅，并给村里修上了水泥地，盖起了现代化的幼儿园。然而春风得意的他却始终有一块心病，那就是想供荷花的儿子上大学，另外帮他们在村里盖一座像样的房子，再给荷花娘看好哮喘病，以弥补当年荷花对他的那一份情。

"你这不是在打我的脸吗？"当山水找到荷花爹说明了自己的打算后，那年为了三千块钱彩礼就卖了女儿的老头却一反常态。

"叔，我不是那意思，当年都是被穷逼的。我现在只想帮帮您。"山水真诚地解释说。

荷花爹沉默了。想当年他把女儿嫁给了那个大女婿后，没想到那人原来是个人贩子。就在荷花的儿子长到八岁那年，因为荷花参与了丈夫拐卖妇女罪，男人被枪毙，她也被判了十五年徒刑锒铛入狱。直后悔得荷花爹娘往墙上撞头。一转眼十多年过去了，眼看荷花的儿子在姥娘门上已长成了一个英俊的半大小伙子，减了刑的荷花也将要被释放。想想自己的儿子对他们不管不问，再看看这个穷的叮当响的家，荷花爹娘不得不点了点头。

四间宽敞的平房盖好了，患了多年哮喘病的荷花娘经过近一年的治疗和调理，身体也比从前好了很多。荷花的爹娘感动得直流泪。

　　听说荷花被刑满释放回家的那天傍晚，山水开着轿车大包小包地去看荷花。

　　等家人自觉地散尽之后，看着头发已经开始谢顶的山水，荷花这才局促地和山水聊天。

　　"三哥，多年不见你显老多了，和三嫂过得还好吧？"荷花搓着两手问山水。

　　"凑合着过吧，比起你吃的苦来我轻松多了。"山水看着荷花清瘦苍白的脸，心里很不是滋味。

　　"听俺爹说，你帮了俺家很多忙，谢谢你了。你是不是在可怜我？"荷花的心里同样不好受。

　　山水点了一支烟没有回答，而是欲言又止地张了几次嘴，然后才说："你先回答我一个问题行吗？"

　　荷花疑惑地点点头嗯了一声："啥事？你说吧。"

　　山水猛地吸了两口烟，目不转睛地看着荷花问："荷花，你能不能告诉我，小雨是不是咱俩的？"

　　荷花一愣，显然她没有料到山水会问这样的问题。略一沉思，她反问了山水一句："都过去那么多年了，你听谁说的？"

　　"咱村里好多人都这么议论，你三嫂也怀疑，经常和我闹。我也发现他和我儿子长得很像兄弟俩。你实话告诉我是不是？"山水急切地又问。

　　荷花咬着嘴唇低着头不说话。山水见了点点头说："行，你不说我也明白了。"

　　半个月后，山水突然又来了。他与荷花一见面就说："我把一多半财产都给她了，我解放啦！今天来了就不走了。"

　　荷花大吃一惊，老半天没缓过神来。

当灾难突然降临

杨老汉是镇上出了名的"垃圾大王",他的出名不在于捡垃圾卖了多少钱,而是他在捡垃圾的同时,喜欢收养伤病狗。他家的狗,不管黑的白的,大狗小狗,足足有七八条,简直成了狗的世界。

杨老汉养狗爱狗成癖,比养儿子还上心。饿了,他顾不得自己吃首先得喂狗;渴了,即使自己不喝,也得让狗们先润润喉咙。夏天,老汉给它们洗澡;冬天,则用梳子把它们身上的毛梳理得干干净净,与他蓬乱的头发形成了鲜明的对比。只要狗们一旦有了病,他就异常担心,那种关怀的程度,绝不亚于自己生了病。

而那些可爱的狗们,也都很有灵性。虽然它们没法给杨老汉洗衣做饭端吃端喝,但它们却很听话乖巧。老汉孤身一人无儿无女,狗们冬天就给他暖被窝,其他季节就善解人意地常常围在他的身边撒欢。它们就像一群撒娇的儿女,让杨老汉感到了一种独特大家庭的温暖和慈爱。白天,狗们绝大多数都待在家里,或给老汉看家护院,或捉迷藏,或睡觉。晚上,除了留下老弱病残陪伴主人外,基本上倾巢出动外出觅食,以减轻老汉的食品开支。

杨老汉还给狗们都起了一个个很好听的名字,什么大黑二黑,老白小白,什么花花欢欢,恋恋爱爱等。

杨老汉经常把狗们抱在怀里,就像抚摩婴儿或老伴一样念叨说:"如果没有你们和我做伴,我孤老头子活着还有什么意思呢?"

狗们虽听不懂,但它们却能从主人的眼神里读懂老汉对它们的那种难以割舍的依恋。每当听到这话时,那些恋恋和爱爱们就把头直往老汉怀里钻。因为它们也同样需要一个叫"窝"的家,用来遮风挡雨避灾避难。

五月十二日这天中午吃过午饭,杨老汉和往常一样推上三轮车又要出门捡垃圾。可大狗小狗老弱病残的所有狗们,今天却一反常态地没有睡觉捉迷藏,而是全都围在了他的周围龇牙咧嘴地怪叫。那声音听得人头皮发麻,后来连附近的邻居都吵烦了。

"这个死老头子,养这么多狗干啥子?吵得我们连个午觉都睡不安生。走,咱们找他说理去!"众街坊纷纷下楼或走出房门,联合起来就去找杨老汉兴师问罪。

杨老汉从来没见过狗们如此怪叫,他也搞不清这是怎么一回事,就打躬作揖赔不是。然后还当着众人的面佯装生气要打它们。但狗们这次似乎都不买他的账,全龇牙咧嘴给他在院子里兜圈子。直气得老汉追着打,众人们站在一旁看笑话,而且人越来越多。

就在这时,汶川七点八级的特大地震发生了。

幸运的是,这些看笑话的人们全都和杨老汉一样幸免于难。可那些碍于脸面没出房门的邻居们,却被突然倒塌的楼房掩埋在了废墟里。其中就有做生意发了财的一位老板全家。

灾难发生后,镇上乱成一团。那些幸存者们,有的哭喊着到处在寻找自己的亲人,有的便纷纷往镇外跑。而六十多岁的杨老汉却在附近一幢完全倒塌的楼房前,怀抱着那只叫"爱爱"的小狮子狗在仔细地寻找着什么。

"杨大爷,你不要命了,还不快跑?"一个认识杨老汉的青年人,惊魂未定地边跑边喊。

"老杨头,快跑吧,你想找啥子?是不是想发灾难财啊?"一位刚才来看笑话的中年妇女也在喊。

可杨老汉不但没跑,反而跟随他已放开手的爱爱攀爬到了一片废墟前,开始用手扒拉起瓦砾来。

"死老头子,你疯啦? 想发财也不看看是啥子时候? 乘人之危可是丧尽天良的哟!"一位在废墟上呼儿唤女的老太太也发现了杨老汉的异常举动,她看见他扒的地方正是那个阔老板家倒塌的两层小楼。

两天后,省电视台播放了一则抗震救灾的新闻。女主持人激动地介绍说:"大灾之中有大爱,昨天在受灾最严重的××镇,有一位年逾花甲的孤寡老人,在救援部队还未到达的时候,他通过一只叫爱爱的小狮子狗的引导。经过自己一天一夜的不懈努力,终于用扒得血肉模糊的双手成功地解救出了一名失去父母的四岁男孩。老人说,要不是那个男孩经常去给他送狗食,他也不可能知道男孩是否还活着。目前,这个叫童童的男孩身体状况良好,一直喊着让他的杨爷爷带他去找爸爸妈妈。我们在这里非常感谢这位杨姓老人,我代表所有关心地震灾区的人们想对您说一声:"杨大爷,谢谢您,谢谢您啦!""

离家的理由

丈夫在他们的女儿刚满月的第二天便神秘失踪,妻子打了亲朋好友几十个电话都没有下落。这一来,妻子开始着了忙。

他究竟去了哪里呢? 为什么要关了手机和门面房不告而别? 我对他那么好,他该不会出啥事或与别的女人私奔了吧? 妻子一天一夜问了无数个"为什么",都猜不到丈夫离家的理由。

于是,坐卧不安疑虑重重的妻子,第二天一早便出门四处打听丈夫的下落。当天，她就在丈夫开的按摩院街上打听到了这样一个重要信息：丈夫是与一个年轻的女孩一起走的，而那个女孩正是丈夫刚招来学按摩的徒弟，名叫玲玲。

妻子这才突然想起了打玲玲的手机。电话通了，可是玲玲却只说了两个不知道就挂断了。再打，那女孩竟也关机了。

妻子很恼火也很伤心，她怎么也想不到一直说爱她的丈夫会背叛她。

我一定要找到他问个明白。妻子困惑之下，便抱起刚满月的女儿开始踏上在茫茫人海中寻夫的路程。

她是一名大学生，来自一个偏远贫穷的小山村。她和丈夫的相爱竟是她来到这座美丽的岛城打工不久，在收音机里的红桥热线上开始的。她被他富有磁性而又风趣幽默的声音吸引，被他艰辛的创业历程和坦率所打动。一个多月过后，她再也按捺不住对爱情的向往，决定走近这个有好几次推迟见面的男人。

可让她万万没有想到的却是，不见面还好，一见面她的心就一下子凉了。

他竟是一位盲人，一个长得帅气却事业有成的盲人按摩师。

"我说过，我会让你失望的。"他目光呆滞，沉着冷静地告诉她。

那一刻，她真想掩面而去。但思之再三，她还是礼貌地留了下来。她真不忍心这么快就去伤害这个让她崇敬的残疾大男孩。

那天，他们面对面聊了很多。听他的传奇经历，听他毫不掩饰的情感倾诉。直听得她泪流满面，不住地点头。

谁知第二天，本来想结束这段感情的她，竟鬼使神差地又给他打了电话说："我想过了，爱是感觉，也是缘分，我要做你永远的眼睛。"

于是，她和他便从此确定了恋爱关系。一起手拉手外出，一起到美丽的海滩上嬉闹。但让他们始料不及的是，当她那对她抱有很大希望的母亲听说后，不仅坚决反对，而且千里迢迢奔赴岛城硬是把她带回了老家。

无奈，他们的爱情转瞬间变成了一个无言的结局。

在老家,她的手机被母亲没收,并为她在当地镇上找了份工作后,开始给她积极物色对象。可就在她感到绝望时,没想到她突然在某天听到了一个让她很震惊的消息:按摩师患上了尿毒症,正在医院等待死神的召唤。

她顿时蒙了,不知所措,一连几天在痛苦中挣扎。思之再三后的某个早晨,她便从母亲那里骗出了户口本不告而别,重新回到了按摩师身边。

他需要换肾却没有肾源,为了爱人,她不顾一切,配型竟然成功。几天后,两颗相爱的心,就开始流淌同样的血液。她告诉他说,她已说服了母亲。他听后就很感激地说:"你妈就是我妈,你们的大恩大德我永世不忘。"

但在他们的结婚仪式上,她却哭成了泪人。因为没有一个娘家人来参加她的婚礼。

"你在哪里?为什么要这样对我?"她抱着女儿找遍了岛城和附近几个城市,可还是没有打听到丈夫的下落。但就在她的精神接近崩溃的时候,半个多月后的一个电话,让她惊喜万分。

电话是那个玲玲打来的。玲玲在手机上哭着说:"姐姐,我们在省城,你赶快过来吧,我们都快支持不下去了。"她来不及多问,便马上租了一辆车火速赶往女孩指定的地点。

当看到丈夫疲惫不堪地举着一个大牌子站在大街上的那一刻,她再也无法控制自己的泪水,扑上前去说:"你这是在干啥呢?为什么要离开我?"

丈夫的听觉很灵敏,听见妻子来了,双手举了举手中的牌子,自信而又充满愧疚地笑一笑,这才说出了离家的理由。

他说:"谢谢你伟大而又无私的爱,我虽然看不见,但直觉告诉我,这些天来你常常在梦中哭醒。从我们结婚的那天起我就听出来了,母亲已经不认你了,你是偷偷地瞒着你的家人为我做的这一切。为此,为了你对我的爱,我要步行千里沿途签名走到你的老家去,去跪求我们的母亲接纳我这个盲人儿子。我们的女儿不是叫奇奇吗?我要亲口对她老人家说,她的好女儿创造了一个爱的奇迹,我也要制造一个真爱的神话来报答她对我的爱。"

丈夫没说完,妻子早已哭成了泪人。

将军泪

　　某陆军少将魏海胜每回家探亲一次，都会有一些不同阶层的亲朋好友来找他聊天或托他办事。这一次也毫不例外。

　　前几次还好说，来托他办事的都是些亲戚或生面孔，他都婉转地推托了。但这一次却不同，求他办事的不是别人，而是比他亲娘还亲的伯母。

　　今天是探亲的最后一天，和前几次一样，临别的最后一个晚上，全家人总要聚在一起给将军办一场送别酒宴。酒宴上，尽管场面热闹而温馨，可将军发现，以往很是健谈的伯母，今晚却显得心事重重少言寡语。即使半天说一句，也是些伤感的话。将军明白，伯母已年近八十，而他好几年才能来一趟，伯母可能是触景生情才高兴不起来的。

　　酒宴过后已近深夜，其他家人都去睡了，屋子里只剩下了将军和伯母。

　　"大娘，您别想那么多，三两年我再来看您，您的身体好着呢！"将军知道每天晚上伯母都要和他拉家常，不到深夜过后她是不会去睡的。更何况今天是他在家的最后一晚，伯母一定还有许多话要说。

　　看着小凳上已经开始脱发的将军侄儿就像一个小学生听故事一样坐在自己的面前，沙发里的老人打了个"唉"声：

　　"海胜啊，大娘老了，你也见老了。等你下次来，说不定就见不到我啦！"

　　将军的鼻子有点发酸，他用手按了按："大娘，您身体这么硬朗肯定能活到一百岁。等我退下来，我一定会回来好好孝敬您的。"

"官身不由己,你心里能惦记着大娘,我就知足了。家里有你姐妹和你兄弟他们呢。他们会照顾好我的!"

"嗯。"将军点点头:"我看得出来,一家大小都对您很孝顺,只有我无法报答您的恩德。"

"你这孩子说这话就不对了,一家人有什么报答不报答的。当年咱家要不是穷,也不会让你去当兵啦。可话说回来,你能有今天,我也就对得起你爹娘啦!"

老人说得不错。将军出生在淮海战役胜利后的那一年,因此取名"海胜"。母亲是生下他以后得破伤风死的,当时将军才刚满月,是伯母一手抱着六个月大的姐姐一手抱着他,辛辛苦苦把他给拉扯大的。将军的父亲是个老实人,自从妻子死后没能再娶。一九五七年被饿急了,把儿子丢给哥嫂,和别人一起去闯关外,没想到在一次伐木时丢了命。从此,成了孤儿的将军就算过嗣给了伯父母。不是亲生,胜过父母。在将军的记忆里,伯父母能让自己的儿女挨饿也不让他受一点儿委屈。将军长到刚满十八岁那一年,他积极报名参了军,成了一名南国边陲的解放军战士,并在第二年参加援越的战斗中立下了赫赫战功。一九八二年又在自卫还击战时二次南下指挥战斗。一年年,一步步,直到现在被中央军委授予少将军衔。

是的,要不是当年伯母无私地把他当成了自己的亲生儿子看待,将军就不可能有今天。

"大娘,我这么多年没改口,您老不生我的气吧?"将军多年来心里就有一个结,他总是感觉对不起伯母。

"生啥气?你和你兄弟在我心里都是一样儿的。"老人拍拍将军的手。

"可是我没尽到儿子的孝心。"将军的眼里有些湿润,"我一看见您不高兴,心里就不是个滋味!"

"我孙男嫡女一大群,你又这么出息,大娘天天都高兴着呢!"

"可您刚才总唉声叹气的,海胜心里惦念您呢!"

"我虽然想让你多住几天,但忠孝不能两全,部队里的事多着呢。"老人说着又打了一个唉声："海胜呀，我心里有件事不知道能不能说？"

哦，原来伯母是心里有事啊！将军看着满头银发的伯母说："您老有事别闷在心里，尽管说，我听着呢。"

"是这么回事儿，"老人终于把自己的心事说了出来，"我和你兄弟商量着，想让你明天把建军带到部队当兵去，你看能行不？"

"这……"将军犯难了。他来家的头一天，就听说侄儿今年高考落了榜，当时他还鼓励侄儿说，加把油，明年从头再来！可没想到伯母和兄弟能把孩子交给他。面对恩重如山的伯母，将军不知道该如何回答。说实在的，根据他现在的职务，把侄儿安排到部队或趁年底征兵时给有关单位打个招呼是绝对没有问题的。但一想到自己的权力是党和人民赋予的，历来雷厉风行的将军就犹豫了。

"是不是不好办？"就在将军沉思无语的时候，伯母这时说了话，"不好办就别犯难为啦，你兄弟只是让我随便问问。大娘知道部队上的纪律严着呢！"

看着深明大义而又慈祥的伯母，五十八岁的将军哽咽了："大娘，我……"

"没啥没啥，让建军再去复读一年接着考就是的。孩子，去睡吧，你明天一早还要赶火车呢！"老人宽容地对将军侄儿心疼地说。

"娘——"

将军再也忍不住了，趴在了伯母的膝盖上泣不成声。

第二天一大早，头发花白的将军眼泪汪汪上了车。

洗脚

　　吴大妈一辈子爱干净，儿女们小的时候在睡觉前她都是每天必须给他们洗手洗脚，尤其是丈夫在世时的那双大臭脚丫子，她更是不放过，非要让他用热水泡一泡才行，否则就不让上床。自己那更是不用说，多年来一直就保持着这种良好的生活习惯。

　　可自从吴大妈去年突发脑溢血瘫痪之后，话说不清了，动不动就要别人侍候。刚患病的那段时间，脚、脸和身子大都是闺女擦洗，儿媳也偶尔给洗一次。但闺女也是有家有口的人，不能长期护理她。闺女走后，吴大妈一连几天没能洗上脚，手脸也只是每天早晨儿子或儿媳过来喂她早饭和药时才给擦一擦。大妈虽然说话含糊不清，脑子却清醒。她天天盼着闺女来，但现在正是麦收时节，闺女一时半会儿还来不了。吴大妈感到脚上好像有许多蚊叮虫咬，身上更是痒痒得难受。女儿是妈妈的贴身小棉袄，儿子再好，也不如闺女细心周到。儿媳就更不用多说了，能给喂口饭擦把脸就已经很不错了。指望给洗脚擦身子，吴大妈连想都不敢想。

　　还好，刚高考完的孙子非常懂事，回到家的头天就给奶奶洗脸喂饭。到了晚上，就像又猜透了吴大妈的心事一样，兑了半盆热乎乎的水让奶奶泡脚，然后又是剪指甲，又是按摩。

　　于是，吴大妈的眼里就有了泪，呜鲁吧唧地表达着对孙子的谢意。

　　然而，孙子在家只待了一天，第二天就和几个同学去旅游了。临走，还没忘了对吴大妈说："奶奶,晚上就让我爸给你洗脚吧,听我妈说,他在洗脚房里没少给人家洗过,肯定比我洗得好。"

吴大妈"啊啊"地又是点头又是摇头。出院的那天,她就听闺女给儿子商量说,想让在镇上上班的哥嫂给请个保姆。当时儿子只瞅媳妇,儿媳就说:"请个保姆最少得五六百块钱,快相当于我一个月的工资了。日子不可长算,咱妈今年才六十五,如果能活到八九十的话,就得一二十万,还是我们一早一晚地侍候吧。"

吴大妈听在耳中,气在心里,干生气没办法。她知道"久病床前无孝子",想想自己年轻守寡好不容易才把他们兄妹俩拉扯大成家立业,没想到却患了这种半身不遂的病拖累儿女,有时候她真想一死了之。可连生活都不能自理,死又谈何容易?

孙子走后的一连几天没有人给吴大妈洗脚擦身,第五天,吴大妈不光感觉到了脚底板痒痒得难受,而且似乎还闻到了自己身上的汗臭味。感觉告诉她,她麻木的四肢好像有了一点知觉。等儿子晚上过来再给她喂饭喂药时,吴大妈的心里想用温水泡泡脚的念头越来越强烈。趁儿子为她擦嘴的时候,于是,吴大妈便口齿不清地吩咐儿子说:"我要洗脚。"

谁知,吴大妈的儿子却听成了"我要吃药"。"你不是刚吃过吗?明天一早再吃吧。"儿子不耐烦地责怪吴大妈说。

吴大妈生气了,知道儿子没听懂她的话,接着又一连喊了好几声"我要洗脚"。但儿子就是没听懂她的意思,以为是他妈脑子有毛病在说糊涂话,最后只好嘟嘟囔囔地就走了。

儿子走后,吴大妈在自己屋内躺在床上气得直掉泪。她两眼怔怔地看着那只有两米远的半盆洗脸水和暖瓶。心想:如果能动弹,也就是弯弯腰的举手之劳,可现在却是可望而不可即的事。心里越想,就越止不住地想洗脚。于是,吴大妈终于控制不住自己的欲望,就试图下床去倒水,没想到等艰难地把身子刚挪到床沿上,却一头栽下来气绝身亡。

当儿子第二天一早发现吴大妈一条僵硬的手臂伸向脸盆的时候,他才

醒悟到，原来妈妈昨天是想让他给倒水洗脚啊。

儿子抱着吴大妈早已冰凉的双脚大哭，直到第二天火化车来到时，他还是死活不肯放手。

真佛

暑假后开学的第一天，太阳就像如来佛身上散发出来的金光一样晃眼。还好，下车走了没多远，我就被县一中校园里的浓荫树凉所笼罩。一排排漂亮的教学楼，一条条宽阔洁净的水泥路，还有路两旁的花团锦绣。

当年如果能有这样好的环境条件该多好。想起三十年前上高中的我，顿时触景生情，备感亲切。

我是到这所重点中学来给没能考上高中的儿子拿学籍的，绝没想到刚敲开教务处的门，就发现了一张似曾相识的面孔。

"您好，我是一个学生的家长，是来……您是潘高仁老师吧？您怎么在这？"我一边推开门打着招呼，一边上前与一位和蔼可亲的年长老师握手。握手的同时，我先是一愣，然后便在大脑的记忆库里迅速搜索出了一个熟悉的名字。就是眼前这位我已有整整三十年未曾见面，我曾经伤害过的高三班主任潘高仁老师。

"你是？"潘老师点点谢顶的头，用疑惑的目光注视着我。

"我是您的学生杨亚文啊，您还记得我吗？"果然没认错。我紧紧地握住潘老师的手摇晃着，试图想通过手心传感给他一个记忆信号。

也许时过境迁，也许潘老师教过的学生实在太多的缘故，只见他的眉头皱了几次，审视的目光看了我半天，也没能想起我是谁。

"您还记得不？当年在五里屯中学曾有个毕业前找人打过您的学生，当时还砸了您做饭锅的那个？"我在进一步提醒着潘老师。之所以我敢实话实说，是因为我了解他的为人。

"哦，想起来了。多年不见，看来你杨亚文混得不错嘛。"潘老师亲切地拍拍我的肩膀，终于在岁月的长河里想起了我这个也曾当过教师的坏学生，现在的报社编辑。

后来我告诉潘老师，当年要不是他放了我一马，没有让校长报案并还发给了我毕业证，我就没有资格报考师范学校当上了一名人民教师，当然也就更不会一步步走到现在。

"那个叫什么娥的和你没成吧？"聊过一阵，潘老师忽然问我。

我不好意思地一笑说："那时才十六七岁懂个啥啊，纯粹是胡来。哪像现在的学生这么开放和早熟。多亏您当时给搅黄了，要不，还不知道现在正在干啥呢。"

潘老师所说的那个娥，是我高三那年谈的一个女朋友。当年我们毕业班里正流行一本青春小说。学习差的男同学抄迷了，有部分女同学也在偷偷地传看。看过抄过还不过瘾，于是就动了春心约会。

那是毕业半年前的一天晚自习，别人都在备战高考，而平时学习成绩还不错的我，就经不住手抄本上情色的诱惑，与同样春心欲动的娥相约校外。可就当我们刚把手拉在一起的时候，没想到一棵大树的背后却闪出了正和新婚不久的妻子出来散步的潘老师。惊恐之下，我和娥落荒而逃。其结果，在第二天的早自习课上，潘老师虽没点我们的名字，但他那番"高考临近竟还有同学顾得上花前月下"的话语，和他那两道咄咄逼人的目光，足以让我们面红耳赤，心惊肉跳。

从此，娥不再理我，拒绝约会。无奈，我就把一腔怨气全撒在了潘老师身上。今天缺课，明天在课堂上看小说。有时候还在黑板上用粉笔写下"潘

仁美是个大坏蛋"等之类的话。终于有一天,潘老师在警告我多次后,忍无可忍勒令我退学。我当然不服气,一怒之下便找来了正在学武术的表哥和几个小混混大闹学校。

"潘老师,您为什么当年不但没同意学校开除我,还要发给我毕业证呢?"找到了儿子的学籍后,临别,我问了潘老师一个多年来压在心里的那句话。

潘老师笑了,笑得高深莫测。他反问我说:"你现在已为人父,为人师,还是一名作家兼编辑。难道说你还没禅悟出人间之大爱吗?佛既为师祖,慈善方可包容天下。科圣墨子说得好,兼爱包容,方可成佛啊。"

我汗颜顿悟,方知与人为善,莫过于师。

妈妈怎么变坏了

菲菲是从前年秋天爸爸病死后没多久,就发现妈妈变坏的。

"妈妈,你咋学会抽烟了?"入冬的某个周末,菲菲下午放学后刚回到家一进门,就发现已经下班的妈妈正坐在沙发上抽烟。不大的房间里烟雾缭绕,刺鼻的呛味差一点没把菲菲给呛倒。

见女儿进家,菲菲妈似乎感到很尴尬,慌忙把没抽完的半截烟扔在地板上踩灭。然后才不好意思地对女儿一笑说:"闲着无聊抽着玩的。"

菲菲已是高一的学生,已经很成熟懂事了。她知道,爸爸的死不只给妈妈的情感带来了致命的打击,光给爸爸几年来治病欠下的一大笔外债,也足以让妈妈喘不过气来。

"抽烟对身体不好,您尽量少抽点儿。"菲菲明白妈妈是在撒谎,虽然不赞成,但并没有怪罪的意思,只是劝妈妈注意身体。

谁知,过了不久,菲菲却发现妈妈不只是学会了抽烟,竟还像男人一样经常在家喝白酒。尽管喝得不多,却令菲菲又增加了一点反感。

菲菲发现后,只是皱眉,还是没有阻止妈妈。她想,也许从前开美容院,现在不得不干起了搬运工的妈妈吃不消只有男人才干的体力活吧,毕竟这一切都是为了还债和供她上学,只要妈妈能解除疲劳和烦闷,少喝一点也没关系。

可突然在今年暑假里的一天傍晚,菲菲却在楼梯外听到了两个老太太在她背后指指点点说:"闺女都这么大了,开过美容店的妈妈成天身上抹得香喷喷,等闺女知道她是干啥的,不骂她才怪呢。"

菲菲哭了,哭着跑回了家。那天下午,菲菲妈往家打电话说,今晚要加会儿班,等会儿再回家吃饭。于是,菲菲就趴在自己的床上哭了想,想了哭。越想就越感到妈妈的行为实在让人怀疑。

是啊,自从妈妈说找到了工作后,烟学会抽了,酒也学会喝了。近些天来,回家时身上的香水味很浓,每晚冲澡都要冲上好半天,有时在家里接电话也总是神神秘秘的。干搬运工还用抹香水吗?再说也不见她的皮肤粗糙啊,反而近来越发显得滋润了。难道说还不到四十岁的妈妈……

菲菲不敢再想下去了,她要等妈妈回来后问个明白。即使自己辍学,也不能让妈妈变坏。

但当菲菲妈接近八点回到家匆匆忙忙做好了饭菜,又倒上了一杯酒,然后喊女儿吃饭的时候,没想到菲菲气冲冲地走过来一把夺过酒杯扔进了垃圾桶里。并大声喊着说:"我让你喝,喝,喝,你看你都变成啥样的人啦,还想让我出门吗?你不嫌丢人,我还嫌丢人呢。"

面对女儿突如其来的质问和行为,菲菲妈一时惊呆了。听到女儿话里有话,看到女儿两眼泪汪汪。她就问菲菲说:"妈妈怎么了,我没做啥丢人的

事情啊？"

　　菲菲不听还罢，一听之下火气更大了。她吼着说："你以为我还小吗？啥搬运工，搬运工还需要擦香水抹口红吗？你是不是在瞒着我干那见不得人的事情？人家都在背后骂我呢。"

　　菲菲妈一听顿时明白了。只见她气得脸色苍白，一巴掌对着女儿扇过去，菲菲稚嫩的脸颊马上印下了几个通红的手指印。并大骂菲菲说："胡说八道，你凭什么侮辱我，你看我是那样的人吗？我再苦再累也不能对不起你和你爸啊。

　　尽管那天菲菲妈后来给女儿道了歉，并一再解释说，她的的确确干的就是在医院搬运药品的工作，菲菲虽然也原谅了妈妈，但她还是半信半疑。

　　直到今年高考前的一天，由于菲菲的一个女同学思想压力过大，突然昏倒在课堂上，当她与另外一个男同学和一位老师一起，把那位女同学送到她妈妈打工的那所医院急诊室门外时，正巧遇到了妈妈正推着一辆盖着白布的尸体手推车往太平间的方向走。

　　要不是妈妈下意识地突然喊出了菲菲的名字，菲菲简直就不敢相信这个戴着口罩，穿着白大褂的人就是自己的妈妈。

　　菲菲妈摘下口罩大喊着不让女儿过去的那一刻，恍然大悟的菲菲顿时泪流满面。她再也顾不得什么害怕不害怕了，猛跑几步一下子扑到妈妈怀里，泣不成声地叫了一声"妈"。

柳哨

"妈妈,我要柳哨。"一个春暖花开的季节,刚刚上了一年级的小宝一回到家就缠着妈妈要柳哨。

春柳一想过几天才是清明节,于是就哄着小宝说:"小宝乖,过几天咱们家才是插柳的时候。现在柳树少了,等你爸爸回来让他到河边折来柳枝给你做,他做的柳哨又响又好听,你爸爸还会吹歌呢!吹得可好听了!"

大宝在离家近百里的煤矿工作好几年了,每个星期天才能回家一趟。前几年还经常给小宝买玩具,只要他一回来,父子俩就形影不离。可自从去年小宝上了学,所有的玩具都被他收拾起来锁进了一个木箱里。他说,小宝长大了,要好好上学将来还要考大学呢!小宝很听话,虽然粉嘟嘟的小嘴噘得老高,但最终还是做了个懂事的好孩子。听了妈妈的话,小宝高兴地说:"等爸爸回来得让他给我多做几个,我好送给俺班里的其他小朋友。"

"行!每个小朋友一个,但不许上课的时候吹,一定要遵守学校的纪律哟!"春柳摸着儿子的小平头嘱咐说。她一想到大宝吹的柳哨声,心里就喜滋滋的。毕竟已经好几年没能听到那曾经让她魂牵梦绕的哨声了。

春柳是听着大宝的柳哨声长大的。柳哨一响,春天来啦,大宝也来了。

每年清明柳吐鹅黄的时节,村里家家门旁插柳。每到这时,大宝就会把从河边树上折来的细柳枝截成一小段,然后再把树皮撸下来做成柳哨。放在嘴上一吹,细的,悦耳悠扬;粗的,浑厚嘹亮。那声音,就勾着春柳的魂,牵着她的心。

“春柳，嫁给我吧。俺连做梦都想娶你当媳妇呢。”村后的河水“哗哗”地响，二十岁的大宝说话也响叮当。

“你的脸皮咋这么厚，俺才不想跟你受气呢！”春柳心里暗喜，嘴上却说不愿意。

大宝心知肚明，追女孩要大胆，娶了媳妇得皮脸。大宝最喜欢的就是春柳的丹凤眼，那一瞥，能电死人呢。

于是，大宝就说：“要不答应，俺可就要跳河了！”

春柳笑了：“你跳吧，连只小狗都淹不死，别说是你这只大狗了。吓唬谁呢！”大宝也笑了：“哈哈，俺才不跳呢，俺跳了就没有人给你吹柳哨啦。即使跳也得让你陪着，要不到了那里没了媳妇多孤单呀！”

春柳“呸”了一声说：“你个臭小子，狗嘴里吐不出象牙来！”尽管春柳不说大宝的好，但春柳最终还是做了大宝的媳妇。河堤上的柳叶绿了又黄，黄了又绿，已为人母的春柳却从那以后再也没有听到丈夫的柳哨声。就这样七八年过去了，儿子小宝都已经上小学了。然而，星期天大宝却没能回来。头天晚上他打来电话说，矿上正在停产检修，机电上的活很多离不开，这个星期就没法回家了。

春柳没觉啥，她说：“工作要紧，不回就不回呗。”

可儿子小宝却不答应了。爸爸不回来，他许诺其他小朋友明天要给的柳哨就会落空，等到下个星期天清明节已过，柳哨就不稀罕了。这几天小朋友们肯定会笑话他不守信用，他可不想做个不守诺言的坏孩子。

小宝这天噘了一上午的嘴。尽管春柳答应到清明节那天给别人要点柳枝她给做，但小宝就是高兴不起来。于是，到了下午，小宝就一个人偷偷地去了河边找柳枝。没想到却失足掉进了一棵柳树旁别人偷挖河沙后留下的深水湾里送了命。

“去年夏天这里已经淹死了两个洗澡的小学生了，偷挖河沙的人缺德呢！”村里人闻听后愤愤地说。

埋葬小宝的头天,闻讯回到家的大宝流着泪做了一夜的柳哨,第二天装了满满一书包放在了儿子的小坟头上。他坐在那里把柳哨吹坏了一个又一个,凄厉的哨声回荡在田野上,让人心碎。

第二天一早,大宝便自己花钱雇了几辆自卸车,从五里外的一家煤矿拉来了煤矸石,填平了那个吞噬了三个幼小生命的深水湾。

春柳更是想儿子想疯了。那两天在小宝的坟前一坐就是一整天,老是哭着念叨说,宝贝要柳哨,我不会爬树。爸爸会,可他那天工作忙啊!

大宝看着春柳疯疯癫癫的样子,心里在流血。清明节那天,他就在小宝的小坟前栽下了一棵小柳树,他要让儿子每年的这个时候都会有柳哨吹。

傻子的心愿

"芬离如果不是在上三年级的那一年夏天让大雨淋感冒后而留下了后遗症的话,也许现在的他,就有可能成为一名年轻的画家。"芬离的外公经常对别人这样说。

但"也许"二字只是一个假设,毕竟从那时起,芬离就辍学了,变成了一个经常流浪街头的傻子。

看着由于自己的粗心大意才耽误了给外孙及时治病而带来的这种后果,芬离的外公后悔得除了唉声叹气流泪外,还时常会大骂当年的那个丧了良心天打五雷轰无情地抛弃了他女儿的男知青。说,假如不是当年自己的女儿小芬以身相许的话,也不至于他们的独生女儿在家偷偷地生孩子时因

真爱是佛

大出血而死;更不至于芬离这孩子只要一看见人家年轻妇女掀开衣服喂孩子,他就会站在一旁待半天。为此,也就不会有那天放学后,就因为看人家女人奶小孩时耽搁了一会儿,而被大雨淋成了重感冒。

小屁孩,你没吃过妈妈吗(当地人对乳房的称呼)?有啥好看的,一边玩去。有时候,人家年轻妇女被小芬离看得不好意思,就一边慌忙把那又白又大的乳房用衣服遮住,一边笑骂芬离说。

每到这时,小芬离都是脸上一红,恋恋不舍地躲开。即使在家里,每逢夏天看见外婆的那对松弛干瘪的乳房时,他也会两眼直勾勾地发愣。

可一转眼芬离长大了,长成了一个憨大个,要想再在大街上看人家奶孩子可就不行了。人家不光会骂他"臭流氓",还会拿土坷垃砸他。他只有躲在远处把那脏兮兮的手指含在嘴里,一边流口水,一边看。

芬离这孩子真是命苦啊。几年前,芬离的外公临死的时候,一手抓着老伴的手,一手紧握外孙的手,两行清泪流向眼角,到死也没有合眼。

今年春天,芬离的外婆又走了,直到咽气同样死不瞑目。

这一来,芬离完全成了一个孤苦伶仃的流浪汉。今天这家给一点,明天没吃的,他不管溜达到村里谁家的门口便久久地站着不走,直到人家给些吃的他才离开。

好在,有村里人经常照顾,芬离还从来没有走失过。渴了喝生水,困了知道回家睡。

盛夏的一天,一连两天的大雨直下得沟满壕平,一片汪洋。人把高的玉米苗被冲倒了,就连村后的小河水,也涨到了村东头的桥墩之上。

可就在雨过天晴,村里人纷纷走到自家的田间地头正在排水扶苗的时候,一个在河岸上闲逛的村民却突然在下游发现,河堤上两棵大树之间竟漂着两具紧紧搂抱在一起的尸体。好像是一男一女,男的穿着衣服,而那个女的却一丝不挂。等他惊呼着喊来几个懂水性的村民把他们打捞上来一看,村民们惊呆了:

男的竟是芬离,而女尸则是一个缺了一条腿的模特塑像。

这还不说,等左邻右舍七手八脚地把芬离的尸体抬回到他家时,他们发现,在芬离屋子里的墙壁上,到处都是用红砖头或粉笔画着的女人像。再仔细一看,这些女人好像都没穿衣服,并且把她们的乳房都画得非常大,而且每个女人的乳房上都歪歪斜斜地写着两个同样的字:妈妈。

# 母亲泪

星期天的中午,如兰吃过饭后,打扫完卫生,又洗了一果盘水果放在了茶几上。然后这才捶捶酸痛的腰打开电视,找到了本市正在热播的电视连续剧《戈壁母亲》,边看边给儿子纳鞋垫上的最后一个字。

妈,歇歇吧。现在还有谁图这麻烦事?垫到臭鞋里再好看也是个臭。地摊上一块钱一双的破了就扔,既省事又不用天天洗。您就别替我操心了,行吗?前几天刚从军校放假回来的儿子宏亮,晚上看见妈妈正在飞针走线地给他纳一双绣着"一生平安"的花鞋垫,心疼地劝如兰。

如兰知道儿子懂事体贴她,便头也不抬地说:"这点活累不着妈,我得赶紧趁你在回校前把它赶出来。麻烦是麻烦点,可这比买的结实多了。"

一身戎装的宏亮听了如兰的回答,理解当妈妈的意思,不只是图结实,而关键是在于做母亲的心情。

"谢谢妈,穿上您纳的'一生平安'鞋垫,走到天涯都不怕。"宏亮摇晃着妈妈的肩头嬉笑着说。

如兰笑了,说这才是妈懂事的好儿子。

这几天,如兰的心情格外好,一个人十多年好不容易把儿子拉扯大,现在终于苦尽甘来。宏亮不仅在部队里考上了军校,而且这次回来又和已在银行上班的同学乔娜亲亲热热出双入对。这不,上午一块出去的,说下午回来吃晚饭。如兰看在眼里喜在心中。

说起乔娜,如兰也是知根知底。她是如兰的丈夫刘涛生前战友的独生女儿。那一年,刘涛所在的部队接到紧急命令到地方上抗洪救灾。没想到抢修时大坝突然决口,水流湍急的洪水冲走了好几名战友,其中就有身为排长的乔娜爸爸。情急之中,不久前刚提为副连长的如兰丈夫在下游一见,便马上奋不顾身地跳进浪涛汹涌的水里救人。一个战友脱险了,又一个战友被救上了大堤。可当刘涛再一次奋力地把乔娜的爸爸推向岸边时,谁知,大坝又一次坍塌,一下子把正要上岸的他卷进了旋涡里。

丈夫就这样走了,撇下了年轻的如兰和六岁的儿子。那些天里,如兰就像在噩梦中度过。每天面对丈夫的遗像,和孤寂冷清的黑夜,她不知偷偷流过多少泪。

“妈妈,我长大了要当解放军,也像爸爸一样做英雄!老师说,爸爸是我们学习的好榜样,小朋友们特羡慕我呢。”儿子七岁刚上一年级的某天放学回到家,兴高采烈地对如兰说。

如兰先是惊愕,尔后点点头一把把儿子搂在怀里哭了。

在心里,如兰当时是绝对不愿意儿子长大了再去当兵。因为不论是走在大街上或从电视里一看见军人,她就会触景生情难过半天。但面对儿子那天真可爱的小脸,她默认了。可过了多年,当自己下岗时又被照顾到了另一个较好的单位上班后,她深深地体会到了政府多年来的关怀。看着高考落榜的儿子执意要当兵,如兰没有理由阻止。

宏亮如愿以偿地当上了一名消防兵,第二年又考上了军校。看着和丈夫一样优秀的儿子,如兰感到自豪和满足。

“妈,如果把您的故事排成电视剧,也和她一样伟大,也了不起!”昨天宏亮陪着如兰坐在沙发上看电视,看着《戈壁母亲》中的主人公,他亲昵地对妈妈说。

"我咋能和人家比呢,妈妈太普通喽。"如兰笑笑说。

"妈一点都不比别人差。"宏亮抢着说。

如兰知道儿子从小就很乖巧听话,嘴巴也甜。于是,她又笑着说:"就你会哄妈,我再听你几句忽悠,就要晕了。"

当如兰正看到重播昨晚的那最后一集时,电视剧突然中断,改播起本市的新闻直播来。

主持人说,本市闹市区的商业大厦今天中午突发大火,现在现场直播救援实况。然后镜头一转,转向了事故现场。

画面上浓烟滚滚,一名记者正在做现场报道,几辆消防车的水枪正在消防员的手里喷着几条长长的水柱射向火源。浓烟里,被困在里面的工作人员和顾客们乱作一团正往外撤离。突然,如兰发现站在远处围观的人群中有两个非常熟悉的面孔,一个是身着便装的儿子宏亮,看那意思是想冲过去救人,而另一个却是紧紧抱住儿子的胳膊不放的乔娜。就在如兰还没缓过神来的时候,镜头却一闪,儿子和他的女友都不见了。如兰睁大眼睛再找,可随着镜头的转移,直到救援结束再也没有看见他们的影子。

关了电视,如兰立即用电话拨通了儿子的手机问他还在不在火灾现场,但那头的宏亮却说,他们根本没有去过那里。难道是我看走眼了?不能啊,分明就是他们俩。宏亮为什么要否认?莫非是怕我责怪不成?

挂了电话,如兰的心里一连打了好几个问号。然后拿出影集看着丈夫当年的遗照抹起了眼泪。

到了傍晚,宏亮一个人回来了,开门进来先甜甜地叫了一声妈。可如兰没搭理他,他又叫了一声。这回如兰答应了,但却面沉似水用冷冰冰的眼神打量着宏亮问:"你说实话,下午你们是不是在火灾现场?你为什么不去参加救援?"

"妈,不是告诉您了吗,我和乔娜在歌舞厅里玩了一天,哪儿也没去啊。"宏亮支支吾吾地说着,就要躲进自己的卧室。

"站住!"如兰猛地站了起来一声怒喝,吓得宏亮浑身一哆嗦停住了脚步。

妈,我们是在现场,可乔娜死活不让我去,我也没有办法啊。宏亮从来没见过妈妈生这么大的气,只得实话实说。

"混蛋!贪生怕死的东西,你不配做刘涛的儿子!"宏亮的脸上结结实实地挨了如兰一个大嘴巴。

"妈,对不起,我错啦!"宏亮双膝一弯跪在了妈妈面前。

第二天回军校,宏亮没有与乔娜道别,如兰也没有像从前一样把儿子送到火车站。临出门的时候,宏亮听见身后传来了妈妈的哭泣声,那声音就像鞭子抽打在他的心上。

将军路

将军前几次回老家探亲,最多能住半个月。可这一次夫妻俩春节前回来后却对伯母说,快要退休了,部队给了探亲和旅游假,至少也要住俩月。

八十多岁高龄的伯母一听就笑了。脸上的褶子笑得就像一道道溪水的波纹,细致而甜蜜。

老人说:"只要你们俩能习惯,愿住多久就多久,反正不会撵你们,我巴不得你们永远不走才好呢!"

将军也笑了,刚毅的脸上布满了细细的皱纹,只是比伯母的浅而少:"大娘啊,说心里话,我也真不想走,可忠孝难两全,那里还有好多事情等着我要去做呢。"

"这就对了,你小海胜是吃百家饭长大的,当了兵又是国家培养了你,不给国家出力,大娘我还不愿意呢!"伯母亲热地拍着将军的手,提着他的小名数落着。

"大娘,有您在,给他个胆他也不敢啊。"将军夫人在一旁插言道。

"咱娘俩一块管他!"老人笑了,将军夫妻也笑了,屋子里充满了温馨和祥和。

将军出生于淮海战役胜利后的那一年,因此取名"海胜"。他的父母过世得早,是伯母把他一手带大的。

在接下来的半个多月时间,将军晚上开始抱着暖水袋撰写回忆录,一写就是大半夜。白天则满村里找老少爷们谈心论古。在走访了大部分的村民后,他便开始往村委大院跑得勤了。

"爷们,咱村里处处都好就是街道有点差,是不是能想办法修上水泥路啊?"正月底的一场大雪过后,将军在某天上午踏着化了冻的泥泞街道又去了村委办公室。

接待将军的是村长福魁,按家族辈分他该叫将军大叔。四十多岁的福魁恭恭敬敬地给将军沏好茶,然后便嘴巴甜甜地说:"大叔啊,这几天我就等您这句话呢。"

"噢,什么意思?"将军笑嘻嘻地问。

福魁狡猾地一笑说:"大叔啊,我一直就有这个打算,可就是缺钱呀。您想,将军出马一个赶俩。不,应该说能赶上千军万马。您只要一出面,咱村修路的资金不就是关公温酒斩华雄——手到擒来了吗?"

"爷们,问题可不是像你想象得这么简单吧?"将军哈哈一笑说。

福魁的小眼眨巴了几下,等将军话一落地,就接过话题说起来。他先给将军戴了一大堆高帽,说大叔是咱村历史上最大的官,在全县也是数得着的。某某村的一个局长,还有某某村的一个地区级的干部都能大笔一挥给他们村拨款修路建厂。您的级别可比他们大多了,只要您一个电话,连县委

书记还不得把鞋底跑掉？然后他还自作聪明地给将军出主意说,如果地方上不行,您就给部队打电话拨个三五万也行啊？最后竟还嬉皮笑脸地说,大叔有权不用可就过期作废了呀等。

"说完了？你小子的馊主意还真不少呢！照你这么说,我这几十年的官岂不是白当啦？爷们,把咱们村全部都铺上水泥路得需要多少资金呢？"将军耐心地听福魁唠叨了半天,无非就是想让他搞点资金修路的问题。当福魁滔滔不绝地把话说完,将军就笑了。

福魁也极不自然地笑笑,回答说:"最少也得三十多万吧。"

"那好,大叔让部队上给你拿二十万,剩下的不够你再自已想办法解决怎么样？"将军说。

"谢谢大叔。"福魁一听,高兴得差一点没把嘴笑歪。

果然,没过几天二十万便一分不少地全部到位。阳春三月底,在村里敲锣打鼓地庆祝水泥街道竣工剪彩的时候,村里人才突然听说,将军夫人已提前回部队。看着回家探亲还不到两个月的将军累得又黑又瘦,乡亲们流泪了,村长福魁更是不知道说啥才好。

"大叔,在村口给您立个功德碑吧？"紧紧握住将军的手,福魁动情地和将军商量说。

"大叔又没壮烈,立啥碑啊？我出资修路还不是应该的,何谈功德？"将军说啥也不同意。

"要不,那您就给这条主街起个名？"福魁一心想给将军留下点什么。

"起名倒可以。"将军点点头,沉思了片刻接着道:"年少百家养我人,半生戎马铸军魂;即将解甲修村路,不为功德是报恩。就叫报恩路吧。"

但将军走后的第二天,全村人就听说那二十万其实不是部队批给的,而是将军多年的积蓄。他们也没有把那条街叫"报恩路",而是把它称作了"将军路"。

上帝的宝镜

　　家富是一位和妻子共同创业的成功商人,尽管人到中年事业有成,但妻子桂兰对他的要求还是很严格。生意场上,明是家富抓全盘,实际上,里里外外都是桂兰说了算,在平时的日常生活中更是这样。

　　几年前,公司稳定下来后,桂兰就退出在家当了主妇,闲着无聊还加入了基督教。可别听她嘴上说啥事都不再管,其实,丈夫的衣食住行和爱好她还都在操着心。

　　"这也不行,那也不行,你总不能让我也像你一样去信主吧?"想做个好丈夫的家富一脸的无奈说。

　　桂兰一听,拍手叫好。她说:"省你闲得慌,不如我给你买本《圣经》看看吧。你文化水平高,肯定接受得快,等你没事的时候也好教教我。"

　　于是,家富听从了桂兰的话,不太情愿地开始学习《圣经》。

　　还别说,刚开始的时候没兴趣,看着看着家富就入迷了。趴在办公桌上看,躺在床头上还是爱不释手。

　　主说:"当你烦恼郁闷的时候,你就抛开一切杂念,默默地闭上眼睛告诉主吧,主会帮助你化开所有的心结。"

　　当某天看到《圣经》上的这句话时,家富心里顿时一亮,忍不住就把自己的压抑和困惑悄悄地对主说了,他想祈求上帝给他一个打开心结的好办法。

真爱是佛

果然，就在家富闭目静待时，上帝真的便飘然而至。

上帝说："可怜的孩子，我知道你在想什么。这样吧，我这里有一面许多人都试过的神奇宝镜，它里面有几个世界上最年轻漂亮也最不爱管男人的女子。其中有 M 国的 M 女，F 国的 F 姑娘，还有来自 R 国的 R 女人。那里的一天等于人间的十年，你完全可以轮换着去和她们结为夫妻，亲身体验一下在天堂里做丈夫的感受。等你回来后，请把你的答案告诉我就行了。"

上帝说完，就让已经迫不及待的家富走进了那面宝镜。

家富首先来到了 M 国与性感迷人的 M 女结为了夫妻。

M 国是个富有而又强大的国家，一直是家富梦寐以求的人间天堂。一开始与 M 女结婚后，的确让家富实实在在地感受到了什么是"民主"和"自由"。夫妻过着 AA 制，两人之间谁也不管谁，愿意干啥就干啥。可和 M 女一块生活了一年后，家富就再也无法容忍这个被称之为自由国度的 M 女人了。为啥？ M 女虽然给他自由，但她比家富更"自由"。啥事家富连管都不敢管，人家动不动就拿法律吓唬他。人家说了，这是他们国家的人权和自由。

咋就像住客店一样，找不到一点家的感觉呢？家富感到实在不适应这种所谓的"上等生活"，毅然决然地与 M 女分道扬镳。乘飞机飞到了 F 国，和金发碧眼的 F 姑娘喜结连理。

可他不久后便发现，F 国的女人虽风情万种也很浪漫，但却都是建立在金钱之上。等家富银行卡的钱越来越少时，他就感到这份浪漫太吃力了。

于是，一气之下，家富又离开了 F 女，乘轮船踏上了 R 国的国土，和 R 女人又结了婚。

本来，在家富的心目中，R 国的女人是世界上最美丽，也最温柔的女人了。可谁知，和 R 女人婚后的两年里，家富就又厌倦了那种连自己的丈夫做错事都不敢管，一味地唯唯诺诺言听计从的女人了。

还是自己家的老婆好啊，能同甘共苦能知冷知热，虽然管得严了点，但却都是为了我好啊！家富在国外转了一圈后，决定还是走出宝镜，重新回到桂兰的身边。

"仁慈的主啊,我明白了,让我回到自己的家吧。"家富对上帝说。

"我的孩子,你明白了什么,请告诉我。"上帝微笑着问宝镜中的家富。

"适合自己的生活,才是真正的生活。管得严也是一种爱啊。"家富真诚地回答说。

上帝满意地笑了。然后便倏尔不见。

宝镜没了,家富只听"砰"的一声,等他睁开眼一看,原来是《圣经》从手中滑落,正砸在了熟睡中的妻子头上。

背着西瓜看儿去

王留根因在外地打工盗窃让警方抓获,然后被判五年有期徒刑送到了离他家很远的一所监狱服刑改造。王留根家里只有一个亲人了——并且还是一位年过八旬、耳朵又聋的母亲。

他们村的王村长花了近十分钟的时间,才让王大娘听懂了儿子从监狱里寄来的信。老人眼里流出浑浊的泪水,摇着头说:"留根这孩子,都快五十岁的人了,咋就不学好呢?都怨我啊,都怨我没管好他……"王村长和邻居安慰了许久,老人才逐渐平静下来。

第二天早晨天刚亮,王大娘就背上一个四五斤重的西瓜,带上干粮悄无声息地迈开她那双"三寸金莲"离开了村子。

没有人知道,王大娘其实是经过一夜的思想斗争后才决定去看儿子的。老人生活在一个偏远的小山村,一辈子都没坐过车,更没出过远门,最远的

PART 2 真爱是佛

地方就是去镇上赶集,虽然她年事已高,可身体却很硬朗。

家里也没啥好东西,带什么去看儿子呢?房前有株野生的西瓜苗,在王大娘的精心侍弄下结了瓜,大的已经长到四五斤。前两天邻居告诉她已经熟了,可她一直舍不得吃。她心想,说不定哪天儿子就打工回来了,这娃可喜欢吃西瓜了。但让她没想到的却是盼来了儿子坐牢的消息。当晚,她灵机一动:何不用化肥袋子装上这个西瓜给儿子带去呢?

于是,王大娘拿着那个信封来到镇上,经过四处打听,费了好一番工夫,才弄清楚通往监狱的方向。老人一路上走走停停,边问边走。由于耳聋,交流困难,有时别人要比画好久她才会明白。渴了,老人就向路边住户讨水喝。饿了,就吃自己带的干粮。晚上有时住在好心人家里,有时就头枕着那个西瓜在人家的屋檐下过夜……

好在正是盛夏,不知问了多少人,也不知流了多少汗,王大娘终于来到了儿子服刑的监狱。当负责办理接见手续的两位女警看到满面灰尘、白发苍苍的老人时,都惊讶不已。在她们得知老人为了探视儿子竟然风餐露宿走了三天三夜还忘了带有关证明后,她们当即拨通了有关领导的电话。闻听此言,领导二话不说,马上就批准了。

王留根听说母亲来看他根本不相信,等他在一位警官的带领下来到接见室门口一看,这才三步并作两步迎上前去扑到母亲怀里哽咽起来。王大娘见到儿子,抹着眼泪说:"留根,你都快五十岁的人了,咋就不学好呢? 都怨我,都怨我啊,从小就没管好你,以后可千万不能这样了啊……"说罢,看着满头大汗的儿子,王大娘便从袋子里抱出那个西瓜让王留根打开。王留根二话不说一掌劈开,也不管三七二十一,就跪在母亲面前捧着西瓜狼吞虎咽地吃起来……

这时,那位警官却看不下去了,毫不客气地说:"王留根啊王留根,你真是没心没肺。大娘这么大年纪,背着西瓜走这么远的路来看你,你竟然自己吃得津津有味,也不给老人一块,你真吃得下去啊? "

即使警官这样说,王留根还是丝毫不予理会,反而抱着剩下的几瓣西瓜,背过身去狼吞虎咽地吃着,生怕别人抢去了似的。王大娘欣喜地看着儿子,脸上充满了慈祥的微笑,连声说:"留根,好吃吧?慢点,慢点,别噎着了,没人和你争的。"

可王大娘走后没多久,回到监舍的王留根就大喊肚子痛,然后上吐下泻,满地打滚。狱警一见,赶忙让人把他送到监狱医院。医生一诊断,结果却是食物中毒。狱警们一听,顿时紧张起来:"中午都是吃的一锅饭,别人没事,怎么偏偏王留根一个人中毒了呢?不行,立即调查!"

谁知,看着狱警骤然紧张的面孔,王留根赶紧说:"队长,你们别去查了,是我娘背来的西瓜有问题。"

"啥意思?难道你母亲会害你不成?"狱警显然不相信。

王留根摇摇头说:"不是的,我老娘一路颠簸背了整整三天三夜的西瓜,这么大热的天西瓜在背上滚来滚去,早就已经变质了,所以我当时一点也没给她吃。我不想辜负她老人家的一片苦心,于是就不顾队长的责备硬着头皮,把变质的西瓜往肚里吞……"

杀鸡

王老五这几天没有事的时候,总爱抱着膀子站在鸡圈旁眼瞅着里面的十几只鸡发呆。嘴里还时不时自言自语,念念叨叨。究竟说的啥,连老婆秋香也没听清。

这天上午,王老五刚站到那里,秋香突然对他说:"你整天站在那里瞎瞅啥？是不是闲着没事干等着看老公鸡下蛋啊？去，把那只大红袍逮住杀了，中午好待客。"

王老五一听，转过头来嘿嘿地乐了，说："还真让你猜对了，这几天我就琢磨这事来着。你说侯二家的这只大芦花公鸡怎么成天喜欢跑到咱们家里来耍流氓呢？是不是咱家的母鸡都长得俊啊？真的奇了怪啦，咱那只大红袍年纪轻轻的也不吃醋，真是个窝囊废，该杀！哎，这不年不节的，哪家的客要来？"

秋香听了，顿时把眉头一皱说："你真无聊，闲着没事就不能琢磨点正经事吗？别管谁来，叫你杀就杀。"

说完，一扭屁股进了屋。

王老五心里一凉，知道秋香又是在嫌他不出去打工挣钱。"真是狗胆包天！"王老五气得一脚踢开鸡圈门，狠狠地骂了一句，也不知他是骂鸡还是在骂人。

其实，不能怪秋香埋怨丈夫，王老五就是没出息。一个不缺胳膊不少腿的大老爷们，整天待在家里只靠种二亩地卖点粮食花钱，摊到哪个女人身上，烦不死也得气死。还多亏人家秋香拿得起，放得下。

可是，在半月前，王老五却听风言风语说，老婆每天往住在一条街上的村长侯二家里跑。他知道后又气又恼，怎奈缺少证据，没有理由向秋香问罪，更不敢去惹村长侯二。侯二可是县人大代表，有权有势得很呢。

熊娘们，让我杀鸡待谁呢？就在王老五坐在院子里边给鸡开膛边琢磨的时候，院门一响，进来了一个人。来人胳肢窝里夹着一个小黑皮包，手里还用塑料袋提了两瓶酒。

"老五，忙着呢？哟，我又不是外人，还用得着杀鸡吗？有盘花生米就行啊。"来人一进门就满脸带笑地给王老五打招呼。

王老五不见则罢，一看来人，不知是害怕还是生气，手一哆嗦，褪好毛的鸡一下子掉在了水盆里。他没想到老婆让他杀鸡待的客人竟是村长侯二。

狗日的，黄鼠狼给鸡拜年。王老五心里狠狠地骂了一句。但脸上忙装出笑容,边搭讪边很不情愿地还是把侯二让进了屋。

王老五把已经褪好的鸡送到了厨房后,侯二也与正在忙着炒菜的秋香打过了招呼。两个人的屁股刚坐到了沙发上,侯二就说话了。侯二说:"老五,秋香今天要请我喝酒,你们的鸡可没有白杀啊。手续跑全了,贷款也都下来了,下一步就看你们的养鸡场怎么发展了。村里可是大力支持你们哟!"

侯二边说边从包里掏出几沓一百元一张的人民币和两个红本本放在了茶几上。

王老五看看钱,又瞧了瞧侯二,便愣住了。"你说啥?啥养鸡场养鸭场的?你走错门了吧?"

"咳,我说老五,怕我吃你们炒的辣子鸡怎么的?前一阵子秋香差一点没把我们家的门槛踩烂了,她不是说你想在村外建个养鸡场吗?我可别是出力不讨好吧?"侯二惊问。

"噢,我从前是说过,可我?哦,我明白啦。原来是……"王老五顿时恍然大悟。但他突然又像想起来什么似的,转身就往厨房跑。并且边跑边喊,秋香,别慌炒那鸡!

可是却晚了,秋香正巧刚把剁好了的鸡块倒进了油锅里。

"咋了?神经兮兮的。"秋香白了丈夫一眼问。

"唉,这不是咱家的大红袍,我杀错啦,是村长家的那只大芦花啊。"王老五懊悔得直跺脚。

PART 2

真爱是佛

捅啥别捅燕子窝

　　他家的两间旧瓦房没拆的时候,堂屋中间的那根房檩上有一个燕子窝。每到春暖花开,就有一对紫燕夫妻早早地飞来筑建爱巢。不多久,它们就会儿女满堂,呢喃不已。

　　看着飞来飞去忙里忙外觅食的双燕,听着一排溜张着嫩黄小嘴在叽叽喳喳迎接父母来喂食的稚燕们那欢快的叫声,男人坐在矮桌前边饮酒边与燕子们分享幸福。

　　它们无忧无虑真快活。男人有时像自言自语,又好像对正在一旁看黑白电视的女人说。

　　它们快活了,可我天天得给它们擦屁股。女人一直就讨厌这个燕子窝,多次想把它给捅下来或者关上房门不让燕子进。但男人不让,男人说,老辈人讲,打死一只燕子就会瞎上一只眼,捅掉一个燕子窝就要变成双眼瞎。捅啥别捅燕子窝,燕子是精灵鸟,谁家住燕子就说明谁家的风水好。

　　年轻的女人沉默了,她宁愿天天打扫燕子的粪便,也不想变成一个瞎子。

　　春去春回,日月如梭。男人和女人就像燕子一样在一年年地忙碌着共筑爱巢,养育着他们的一双儿女。男人跑运输,女人种田。他们虽然没有像燕子夫妻那样时常耳鬓厮磨和睦相处,但也和许多夫妻们一样波澜不惊地共同厮守着一方田园,一个叫"家"的地方。

　　很快,他们就有了一些积蓄,计划翻盖楼房。

　　除夕夜的酒宴上,女人说,开春就拆吧,入冬前还能住上新房子呢。

行，到天一暖和我就去找建筑队。男人点点头同意了。

可到了阳春三月正要准备拆老房子，男人却变卦了。一拖再拖地说，人家建筑队老板接的活多，得往后推迟几个月。

你上一次去不是都已经说好了吗？怎么还要往后拖？不行，我明天得找他问问去。比预计时间往后拖了才半个月，女人就沉不住气了。趁男人不在家，她真的跑去问了建筑队老板。

没想到男人傍晚一回来，女人就和男人吵上了。问男人是咋想的，为什么要一次次地说瞎话骗她？

男人一看露馅了，就把实话说了出来。原来，前一阵子他发现那一对燕子归来后不久，雌燕就在爱巢里开始孵卵了。他想等这一窝小燕子会飞后再拆房子不迟。

女人一听火了。说不就是几个燕子蛋吗？值得你像孝敬你老爹那样去关心它们？真是莫名其妙。说罢，趁男人上厕所的机会，她也不管什么眼瞎不眼瞎，就找来一根长竹竿，几下子便把那个多年的燕子窝给捅了下来。

燕妈妈飞走了，在院子里喳喳叫着盘旋着。随着燕子窝和燕子蛋的砰然落地，男人的心也碎了。

你咋没有点爱心呢？这些年来你都凑合着住了，就差这十天半月？真他妈的混蛋。男人一见两眼气得冒火，跑进屋子夺过竹竿反手就给了女人一巴掌。

女人一下子懵了，马上，她的脸上就出现了一个"血手印"。紧接着就是一场夫妻大战，最终女人捂着脸哭着跑回了娘家。

那几天，家里冷清清的。男人没出车，在家里等着给上学的儿女洗衣做饭。孩子不在的时候，他就慢慢地喝着酒看着那一对还不肯飞走的燕子在哀鸣。看一眼，咂一口，喝着喝着就泪流满面，然后再发一会儿呆。

几天后，女人被儿女接回了家。第二天便是拆屋盖房。

转眼又一年的春天到来了，男人女人家的两层小楼拔地而起。男人也把他一直借住在别人家的父亲接到了新家里。可面对宽敞明亮装修得富丽豪华的新房，男人却变的少言寡语了。

PART 2 真爱是佛

它们永远都不会再来了。花开了,天热了,看着天空偶有燕子在院子上空飞过,男人的心里就一天比一天伤感。他很想让燕子们再来房檐下筑巢搭窝,看它们的亲密与和睦,听它们一家的幸福呢喃。可是,这些燕子们却就像商量好了似的,就是不来他们家。

住进新房的第三年,刚进四十的男人就被查出患上了肝癌晚期。

春天是美丽的,是一个充满希望的季节。然而,男人却已经到了弥留之际。

结婚十几年就打过你那一次,别记我的仇。我走后你想留就留,不愿留就趁年轻再找一个好男人。但千万别把孩子们撂下不管,我不想再让他们像我一样从小有娘没人疼。男人在对女人交代后事。

女人哭了,眼泪就像断线的珠子。她知道丈夫才几岁的时候,婆婆就嫌公爹没本事盖房借住在队屋院里才跟一个说书人私奔的,丈夫心里一直有个结。于是,女人愧疚地就说,那事都怨我,,我不该惹你生气,更不该去戳那个燕子窝。你啥事都不要惦记,我不会走的,爹和孩们我一定会照顾好,你就放心吧。

男人使劲握了一下女人的手,然后充满感激地一笑说,那就太委屈你了。你知道我为什么一直很喜欢燕子吗?

女人泪汪汪地点点头接着又摇摇头。

其实你只知道我很珍惜这个家,却不知道真正的内情。我小时候恨过咱妈抛下我不管,长大了才明白过日子的难处。你只知道咱妈姓梁,可你知道咱妈她叫什么吗?

女人慌忙又摇摇头。

男人说,咱妈的名字很好听,她叫梁飞燕,就像房梁上的燕子,因为没有地方住,所以才会飞走的。你把燕子的窝给捅掉了,它们能不伤心吗?等你再想让它们飞回来,一切都晚了。

女人已经哭成了泪人。

当天,男人就撒下老父和妻子儿女咽了气。清明节,等他们一家老小再去给他上坟时,他们发现,男人的坟头上空,有两只燕子一直在周围盘旋着悲鸣,就像他们的哭声一样催人泪下。

>>>> PART 3
漂亮的心

　　女人说:"你哪有这么漂亮的小姨呀。宝贝,妈虽然有点丑,但人活着不一定非要有很多钱和长得漂亮,关键要有一颗漂亮的心才行啊!"

　　小女孩说:"妈,你比咱的这些花还漂亮呢,你是我心中最善良、最美的妈妈哦!"

漂亮的心

茉莉花开,透着醉人的香;玫瑰绽放,如初升的朝阳,火红而又浪漫。

情人节这天是周末,一大早,女人就在本村的花卉市场批发了十几盆茉莉花和一百枝红玫瑰,带上女儿往城里赶。

女人是一位用脚踏三轮车到县城走街串巷卖花的丑女人。昨天晚上,她的十岁女儿就吵着要跟她一起去卖花,女人答应了。

可就当母女俩路过一个上坡时,一辆疾驶的小轿车差点撞在了帮妈妈推车的小女孩身上。

好险! 母女俩吓出一身冷汗。

没想到就在母女俩惊魂未定时,小轿车却突然"吱"的一声停下了。紧接着就从车窗里探出一个金发女郎的脑袋来:"丑八怪,找死啊?"

没等母女俩反应过来,小轿车"呼"地一下又开跑了。

女人跑过去慌忙问女儿:"宝贝,伤着你没有?"

小女孩懂事地摇摇头,然后不解地问女人:"妈妈,明明是那个阿姨差点撞到我,她怎么反倒骂我们呀?"

"没事就好! 她不是骂咱,她是在骂不讲理的人呢! "女人放心了,继续蹬车赶路。

可就当她们快到郊区的一个路口时,大老远就发现路旁停着一辆红色小轿车,旁边还有一男一女在吵架。等走近一看,男的是她们村在县城干装修的二愣子,女的却是刚才骂她们的那个金发女郎。不用问,被撞倒的那辆电动车肯定就是二愣子的。

果然,二愣子发现来了本村人,嗓门就更大了。他气呼呼地告诉女人说,他在路口刚把车速减下来,没想到小轿车就在后面撞上了他的电动车。反光镜摔坏了不说,还把他给撞翻了。要不,给五百块钱私了;要不,就打110报警。可金发女郎说,她身上只有一百块钱了。

女人知道二愣子是村里有名的"愣头青"。她见金发女郎一副欲哭无泪的样子,顿时起了怜悯之心。

善良的女人马上灵机一动,故作惊讶地走近金发女郎说:"这不是表妹嘛!表妹,我是你表姐呀,你不认识我了?"一边说,一边偷偷地给那金发女郎使眼色。

女郎一见,顿时醒悟说:"姐,原来是你呀!这个是你女儿吗?长得好可爱哦。你们这是……"

"我们到城里去卖花。"然后女人向一脸茫然的女儿说:"宝贝,快叫小姨!"

小女孩不知真假,便怯生生地叫了一声:"小姨!"

此时的二愣子也一头雾水地看着女人和女郎。

"二兄弟,没伤着吧?"女人把头转向二愣子。

二愣子说:"现在不好说,只能等她把我送到医院检查完再说!"

女人见二愣子不像被撞伤的样子,就说:"二兄弟,没事就好。给大嫂个面子,我表妹就这点钱了,别嫌少,拿去买包烟抽吧。"

二愣子一听,半信半疑地问:"大嫂,她真是你表妹?"

"这还有假?要不,我管这闲事干吗呀!"女人说。

看着女人认真的样子,二愣子懊恼地说:"既然你们真是亲戚,那就看在你的面子上,算我自认倒霉吧。"说完,连钱也没要,踏上电动车气呼呼地走了。

"姐,谢谢你!刚才都是我的错。"女郎见女人替她摆脱了困境,慌忙赔

PART 3
漂亮的心

礼道歉。

"别客气，都没出大事就好，万一伤了人谁也帮不上你了！"女人笑笑说。

"姐，你车上的花好漂亮哦，是去卖的吧？"女郎脸上一红，没话找话说。

"是啊！"女人回答。

"姐，我是国贸宾馆的经理，叫金美丽。为了表示感谢，这一百块钱算我给你的感谢费，就连你车上的花我也全买了！"女郎一听，把那张百元大钞往女人手里一塞说。

没想到女人却断然拒绝了。

女人说："谢谢你，你的好意我心领了，以后开车注意点就行了！"

说完，蹬上三轮车继续赶路。

坐在车上的小女孩说："妈妈，这个漂亮小姨我从来没见过，刚才她还骂了咱，你为啥还要替她说好话呢？"

女人说："你哪有这么漂亮的小姨呀。宝贝，妈虽然有点丑，但人活着不一定非要有很多钱和长得漂亮，关键要有一颗漂亮的心才行啊！"

小女孩说："妈，你比咱的这些花还漂亮呢，你是我心中最善良、最美的妈妈哦！"

听着母女俩嘻嘻哈哈的对话，看着她们渐渐远去的瘦弱身影，站在那里的金美丽感到脸上火辣辣的，愣了半天才上车。

新东郭先生和"狼"

　　早晨起床听精神飞扬,上班路上听精神飞扬……

　　东方的晨曦刚给大山披上了鱼肚白,东郭老师就在他那花了二十八块钱买来的收音机的催促声中,骑上电动车,踏上了去五里外东郭联小上班的路上。

　　东郭老师辛勤耕耘几十年,虽然没有自己的学生考上清华或北大,但却桃李满天下。当年还在村里的学校教学的时候,他既当校长,又兼代五个年级五六十名学生的所有课程。从他高中毕业的第二年接过老校长的教鞭起,到至今的两鬓染霜浑身是病。他付出的艰辛和努力,是东郭村的村民和他教过的学生有目共睹的。老寒腿,腰椎间盘突出外加高血压,一到深秋就只能以车代步,以药代饭。即使几年前并校之后,身为校长的他,也是每天第一个到校,最后一个离校。披晨露,踏月光,资深高,荣誉多,却始终无怨无悔任劳任怨,被村里的老年人誉为"东郭先生"。

　　山路弯弯,野草一岁一枯荣。当东郭老师的车辘辘碾着晨露行驶到了下山的拐角大道时,他的电动车差一点轧到蜷曲在路口的一个人身上。

　　东郭老师吓了一跳,赶紧刹车气呼呼地问了一句说:"喂,你躺在路上干啥?"但只见那人动了一下,没搭理他。东郭老师顿觉蹊跷,于是下了车近前一看,这才发现那个人的头下有一片早已凝固的黑血。他马上意识到,很可能是出了车祸后肇事者跑掉了。要不,这人也不会大冷天的躺在这里像

个死人一样。

东郭老师来不及多想，便迅速把电动车放在路旁弯腰细看。这一看，他惊呆了，这个人竟是邻村前几年被他们学校开除后，经常在学校门口溜达，曾骂过他多次的一个从前的学生郎鑫。

"郎鑫，郎鑫，你这是怎么了？我是你的东郭老师。"东郭老师连喊数声，郎鑫只是哼哼不说话。于是，他锁上电动车抱起郎鑫就往村里的诊所跑去。

郎鑫是并校后，东郭联小开除的第一个学生。也是东郭老师几十年教育生涯中，唯一一个经他多次教育不改，实在没办法才开除的学生。

郎鑫从四年级就偷，先偷同学的钢笔、本子被警告数次，后偷学校的。五年级上学期的一个星期天，因傍晚翻墙盗窃学校办公室的财物时，被东郭校长逮了个正着。事后，他和他的父母都写了保证书，学校才通过研究决定让他继续留校的。没想到过了不久，郎鑫竟在寒假期间又伙同他们村的另一个学生，用弹弓把学校的门窗玻璃打碎了大半后，让学校门口小卖部的老太太赶跑了。那个学生在东郭校长的追问下承认了，而郎鑫和他的父母却矢口否认并上东郭老师家里大闹。一怒之下，东郭老师报了案。派出所来人一调查，郎鑫才在事实面前低下了头。"不是郎鑫干的，你们冤枉俺，俺不在这里上了。"郎鑫的父母还是死活不承认。

"没办法，你转校吧。"东郭校长只能用这种方式开除了郎鑫。

郎鑫失学了，失学后的他没少挨了他爸爸的揍。可揍不管用，小小年纪的他，变成了一个游手好闲偷盗扒窃的小痞子，经常游荡在学校门口滋事。

等东郭老师艰难地抱着郎鑫跑到诊所后，医生一看，简单地给包扎了一下没敢留。然后东郭老师又回家拿了钱，叫了一辆机动三轮把郎鑫迅速送到了乡医院。大夫说："幸亏来得及时，再晚一会儿这小孩的命就难保了。"

可接下来所发生的事，却让东郭老师始料不及。郎鑫的父母闻讯赶来后，不但没说一句感谢话，反而一口咬定肇事者就是他东郭校长，并破口大骂。更让他伤心的是，等一问已苏醒过来的郎鑫，郎鑫竟点点头。东郭老师一听，当即晕倒在医院里。

"电动车丢了,行好不得好报,还要赖咱医疗费。幸亏人没死,要不,还不得让咱偿命?"老伴和子女埋怨说。

东郭老师那两天,脑子里翻来覆去就是《东郭先生和狼》的故事。无奈之下,他报案了。

"撞完人吓得把电动车也扔了,还硬说不是自己撞的。谁家那么傻,又是救人,又是垫医疗费的?准是他,没错!"

"就是,还为人师表呢!就他这样的品质,好学生也能学坏喽。"

在医院里,听着别人的议论,东郭老师有苦难言真是伤心极了。没想到自己呕心沥血教书育人几十年,眼看快要退休了,却遇到了这样的窝囊事。公安能查清了还好说,万一查不出来,一辈子的声誉可就毁于一旦。

"东郭校长,请你放心,我们一定会查个水落石出,还您一个清白。"每天向派出所打几个电话,派出所民警都是这样安慰他。更让他感动的是,全校师生和东郭村的村民联名向乡教委和县教育局担保他的人格,已引起了上级有关部门的重视。

第三天的上午,一个人正在校长办公室办公的东郭老师,终于盼来了派出所打来的电话。经调查,原来郎鑫那天晚上伙同附近村的几个小混混一起从网吧里出来去盗窃后,因分赃不公发生口角,被一个同伙用砖头砸破了头,然后用摩托车把他带到那个路口一走了之。派出所民警还告诉东郭老师,电动车也找到了,是一个大清早跑运输的拖拉机个体户正巧路过时发现没人,就来了个顺手牵羊。

东郭老师闻听,真是悲感交集,激动地站在那里浑身颤抖着说:"这就好,这就好。终于给我洗清冤屈了啊。"

可没等他把话说完,就感到心跳加速,头晕目眩。再想拉开抽屉拿药,却一下子歪倒在了办公桌下。

不久后的一天,寒风凄凄,雪花飘舞,大片的雪花飘落在山坡的一座新坟上。坟头的招魂幡迎来了一辆警车,从警车上下来了两名警察押着一个戴着手铐的少年犯,少年刚到坟前,就扑通跪倒,以膝代步,号啕大哭。

PART 3
漂亮的心

憨嫂

憨嫂是我的堂嫂，我管她叫三嫂。

憨嫂并不傻，只因她长了一副白白胖胖天生笑眯眯的模样，再加上她性情宽厚，为人朴实热情，所以村里就有人叫她"憨嫂"。

憨嫂有一个很好听的名字——叶红荷。娘家在《铁道游击队》的故乡，美丽的微山湖畔。憨嫂会游泳，水性好。婚后第三年盛夏的某个傍晚，几个已婚妇女结伴去村后的小沙河里洗澡，水深的地方别人不敢去，但憨嫂却脱得赤条条的在深水处"扎猛子"，一扎就是十多米远。负责放哨的是看过《水浒传》的香菊嫂，直惊得她大呼小叫地喊憨嫂是"浪里白条"。

憨嫂在村里是出了名的大好人，结婚十几年来，她对家人和和气气，尽心尽意，对街坊邻居实实在在。与整天嘻嘻哈哈的三哥真是天生的一对。三哥兄弟四个，老大奸猾自私，老二阴阳怪气，憨嫂的丈夫排行老三，老四是个天生的哑巴。俗话说：兄弟多了是非多。憨嫂刚嫁过来的那年，老大和老二的媳妇就因为公公死的时候闹矛盾，妯娌俩十多年间互不搭理。尤其是老二媳妇，那是个个性好强又泼辣的女人，自以为是，爱搬弄是非，从不把别人放在眼里。憨嫂结婚没多久，就曾无意间听到过老二媳妇在大街上讥笑她"长了一个憨瓜脸"。当时气得憨嫂跑回家哭了大半天，直心疼得病婆婆也陪在床前掉眼泪儿。

美丽广袤的微山湖花好水好，养育出来的憨嫂也心肠宽。事后第二天，她照样"二嫂长二嫂短"地叫得甜甜的。由于老大和老二早已分开过,他们都嫌病母和哑弟是个累赘,憨嫂只得和他们娘俩儿住在一个院子里,任劳任怨地担当起了照顾他们的责任。好在三哥会电气焊,在村里开了个修理部。哑弟虽哑但心灵手巧,一个干焊工,一个搞车辆修配,兄弟俩你帮我,我帮你,收入虽不多,但勉强可以维持生活。

人间本无事,只因人多事。憨嫂第二年便生了个大胖儿子,取名文强。小文强出生后,哑弟因为二十七八了还没娶上媳妇,所以就把聪明可爱的小侄儿喜欢得了不得。一会儿让骑在脖子上,一会儿又"啊啊"地逗得小娃娃笑个不停。其实,这本是件很正常的事儿,可二嫂却无中生有地胡说八道,总爱拿憨嫂寻开心。但每逢听见,憨嫂从不计较,总是一笑了之。就因为信口开河,二嫂惹出了大祸。

那是六月的一天,正是麦收时节,打麦场上憨嫂一家正在忙着脱粒。中间休息的空儿,病婆婆用宝宝车推着小孙子来送开水,别人喝水的时候,哑弟却在一边逗着孩子玩儿。看着叔侄俩的亲热劲儿,多事的二嫂又开起了憨嫂的玩笑。

"看看那爷儿俩多近乎!老三家的文强该不会是老四的吧?"

"谁像你没个正经!"憨嫂没当回事地一笑俩酒窝。

"呸!"只有几米远的哑弟听见了二嫂的话,他可不愿意了,重重地朝地上吐了一口唾沫。

"哎哟,我说老四,晚上你三哥不在家的时候,你三嫂没拉你上床吧?"

二嫂口无遮拦,这玩笑开得可有点过火了。俗话说:十个哑巴九个拧。哑弟不会说话脾气却怪。二嫂的话音刚落,哑弟就"腾"地一下站起来,"哇"的一声怪叫扑向了二嫂。

这一下可就像捅了马蜂窝,挨了打的二嫂岂肯善罢甘休?两口子一齐上,就对哑弟拳打脚踢,直到众人拉开把哑弟送回了家。可就在那天深夜,有苦难言的哑弟便跑到村后的河堤,在一棵杨树上上了吊。等第二天早晨别人发现把哑弟的尸体抬回家的时候,憨嫂哭得死去活来,一个劲地哭着

PART 3
漂亮的心

"我那不会说话的好兄弟哟"。病婆婆是白发人送黑发人,更是肝肠寸断,好几次哭休了克,在场的人无不落泪。

花开花落,一转眼时间又过去了八年。憨嫂上敬老下爱小,婆婆的病看好了,儿子文强也上了小学二年级,全家人的生活一年比一年好,憨嫂整天笑得灿烂如花。然而,这时候的二嫂却检查出了乳腺癌晚期。

弥留之际,二嫂攥着憨嫂的手呜咽着说:"妹子,我对不起咱婆婆,也对不起你,更对不起咱那死去的哑巴兄弟。都怨我不好,长了一张臭嘴整天胡说八道。得了这病也是老天对我的报应……"

俗话说:人之将死,其言亦善。过于精明的二嫂到了这时才知道伤害别人是件多么让人后悔的事。

"谁还能没个脾气呢!一大家人肯定都会有个言差语错的。二嫂,没有人记恨你,你永远都是我的好二嫂!"

憨嫂轻轻地拍着二嫂的手背,两行泪夺眶而出。

老黄出走

清明节前的一天,柳吐鹅黄麦苗青青,村庄田野已处处呈现出一片春意。然而,就是在这样一个桃花盛开的季节,老黄的心情却沉重而忧伤。

在经过了几天几夜的思想斗争之后,老黄终于痛苦地决定:离家出走。

左邻右舍一开始那几天不知道,都以为老黄是出去打工了。可当他姐姐清明节来过之后,众人才听说,老黄是让结婚还不到一年的儿子儿媳给气走的。

好多人听了不信,就提出质疑说:"老黄的儿子小军是个憨厚老实的孩子,儿媳刚过门不久,看那模样挺清秀的,也不像是个恶婆娘。肯定是他这多年来没老婆急得想爬灰没得逗,结果就出去打工了。"

也有人说:"那天一大早见老黄在村头的十字路口等公共汽车时,满脸的憔悴不堪,发现他眼里还含着泪,看样子不像是出去打工呢。"

于是,就有好事的人去问老黄的儿子和儿媳。

"俺爸临走连个招呼都没打,俺也不知道他是为啥走的。"儿媳显然对公公的出走不能理解。

"清明节那天我去给俺妈上坟时,才发现俺爸把他的旧衣服全烧了,坟前是满地的烟头。俺姑说是让俺俩气走的,俺没惹他生气呀?"小军也委屈地说。

"知道他现在在哪吗?"打听事的人又问。

"俺姑说她也不知道。"小军回答。

"这就奇了怪啦,他那是为啥才出走的呢?"众人纷纷猜疑,就让小军去县城的报社发寻人启事。可始终没有下落。

麦子黄了又绿,绿了又黄。转眼到了又一年的麦收时节,还没动镰,离家出走两年多杳无音信的老黄却突然回来了。确切地说,是带着一个与他年龄差不多叫红梅的女人回来的。

街坊邻居听说了,当天便纷纷前去祝贺。

张三说:"老黄,两年多不见,你返老还童了啊!"

李四说:"好你个老黄,当时偷偷摸摸地走了,没想到你一个人拉扯小军这么多年一直不愿找老婆,这回怎么自己反而跑到外面把媳妇给领来了。是不是也想和你儿子一样再生个大胖小子呢?"

众人大笑,老黄怀里抱着已经一岁多的孙子坐在椅子上也笑。把跟他回来的那个叫红梅的女人和儿子儿媳,全都笑得不好意思地躲了出去。

王二嫂笑过之后问老黄:"你当时怎么也不给两个孩子说一声,走后又没个音信,可把他们害苦啦,俺就没见过有你这样当爸的! 是不是老了又开始花心啦? ”

老黄笑了笑,终于摇摇头说:"二嫂,实话告诉你们吧,你们全都猜错了! 当时小军结婚前我就查出得了直肠癌。因为家里没钱,我怕看不好会耽误他们结婚,所以就一直瞒着。本来想悄悄地死在外面算了,没想到遇见了你这个弟媳妇。"

"哦,那后来呢? "王二嫂和众人都惊奇地看着老黄。

"后来我到了省城郊区找了个建筑工的活。"老黄继续说:"我想挣点钱再治病,可没想到干了还不到三个月就病倒了,是在工地的红梅收留了我。两年多来花了两万多块钱带我又是看病又是让我动手术。幸亏还不是晚期,经过她无微不至的照顾,我才有了今天。要不是红梅,我恐怕早就变成灰啦! "

"她没有家吗? "张三问。

老黄叹了口气说:"她的命也很苦,我去之前她的丈夫在工地上的一次事故中砸死了还不到一年,有个女儿去年才出嫁,现在就她一个人啦。"

听了老黄动情的诉说,众人称奇不已。于是就对红梅肃然起敬。

几个人推推搡搡把红梅推进了屋里请了上座。然后又问红梅是怎样爱上老黄的。

红梅不好意思地一笑说:"他人很老实,心眼好又勤快,到了工地后一有空闲就帮我干这干那的。我们都是苦命人,能谈得拢。病倒那天他还硬撑着帮我提水洗碗呢。现年月这样的好人打着灯笼也难找啊! "

"你就不怕他是个骗子? "李四看着慈眉善目的红梅问。

红梅笑了:"谁家的骗子都病成那样了还不让别人帮? 谁家的骗子为了不拖累孩子离家出走? 是好是孬,俺看得出来呢。"

李四感慨地说:"老黄真是因祸得福,艳福不浅啊! "

王二嫂也说:"世上就是好人多,遇上了就是缘分。"

众人连连称是,赶忙让小军和媳妇给新妈磕头。

小两口一齐跪倒,甜甜地喊了一声"妈"。

防盗门

　　早晨起床目送丈夫骑摩托车去上班的时候,她还是一个幸福的女人。然而半个多小时后,她却成了一个不幸的寡妇。

　　"哎,别忘了下班回来捎把防盗门上的锁啊。"男人临出门前她还叮嘱过他,因为防盗门上的锁都已经坏了好几天了,一旦锁上半天也打不开。再过两天丈夫就要上夜班,作为一个年轻貌美的女人带着一个才七岁大的儿子,到了夜晚肯定会害怕的。更何况他们家还在村外。

　　"放心吧,忘不了。"丈夫骑上车走了。谁知这一去竟成了永别。她刚吃过早饭才想送儿子去上学,就突然接到丈夫在路上出了车祸的噩耗。

　　"好端端的一个人,怎么说走就走了呢?"出了事的那几天,女人就像丢了魂似的,反反复复总念叨这么一句话。就连在处理事故赔偿的那天,她也把一切权力全都交给了公公和丈夫的大哥,她只知道哭。

　　丈夫死后,肇事者赔偿了十八万,用女人的名字存进了银行,但密码却是大哥设置的。

　　"你不要生气,也不用多心,这钱早晚都还是你们娘俩的,这只不过是个程序而已。"当时家族中最有权威的二大爷对她这样说。

　　"人都没了,我还计较这?"女人嘴上虽这么回答,但心里总是感到不自在。她明白,人家是怕她年纪轻轻守不住才这样做的。

　　"不想走,你们想撵都撵不动。真想走的话,你们用什么办法也留不

PART 3 漂亮的心

住。"女人心里说。其实她也根本没有一点儿要改嫁的想法，一日夫妻还百日恩呢，更何况丈夫生前对她一直很好。再说，为了她那聪明懂事的儿子，她也不能走那条路。

由于丈夫的死，女人家中防盗门上的那把锁就没有换成。丈夫虽然死了，女人反倒不再害怕了。"擦干泪往前走，没有什么可怕的。"女人常为自己壮胆鼓劲。

日子一天天地熬，生活一天天地过。女人晚出早归，天不黑便大门紧闭，尽量在躲避那"寡妇门前是非多"的闲话。然而，却不知从哪一天起，村里还是传出了一些谣言。说她一个年轻寡妇，家里连条看家狗都不养，肯定有想法。还传说某天深更半夜有人看见一个男人进了她家的院子等。说得似乎有根有据。

"养条狗吧，免得人家嚼舌头。"婆婆不信儿媳会是传言的那种人，但还是劝她辟谣，替他们母子担心。

可女人却一直很讨厌狗，不管谁说，就是不养。"院子里又没啥，屋子有防盗门防盗窗，有啥可防的？谁吃饱了撑的，愿咋说咋说吧。"

于是，女人这才又突然想起了防盗门上那把该换掉的锁。

但就在女人第二天趁回娘家到镇上买回来锁的那天傍晚，刚回到家，就发现房门大开，屋内一片狼藉。很显然，趁她不在家，屋子里进贼了。

"别动，把钱交出来，喊一声就要你的命。"就当女人意识到家中失窃正要跑出去叫人时，从门后突然蹿出一个蒙面人，把一把放着寒光的匕首架在了女人的脖子上。只露出的两眼就像一只饿狼的眼睛在黑暗中放着凶光。

女人先是一惊，但马上便冷静下来。"我男人已经死了有两年了，哪来的钱啊？你找错门了吧？"她明白贼是来偷钱的，不到穷凶极恶，她就不会有生命危险。再说，这个蒙面贼十有八九是个熟人，要不，他就不会蒙着面的。

"我不信，你男人出车祸时赔偿的十几万都放哪啦？快拿出来，要不就要你的命！"蒙面贼压低了嗓子吼道。

女人细一听，果然有点耳熟。

"给的都是定期存折，家里一点现金也没有。"女人沉着冷静地迅速搜索记忆，想从贼的身高和声音上辨别出他的真面目。

但盗贼并不给她机会。"少废话，存款折也行，快把身份证和存折都拿出来。"蒙面贼吼道。

"都给你也没用，密码是孩子他大伯设置的，不知道密码你也没有办法去取啊？"女人实话实说。

"这不要你管，赶快拿出来，否则别怪老子不客气！"盗贼冰冷的匕首往上一提，女人顿时打了一个寒战。与此同时，她在寻找一个脱身的机会。

"在南屋的一个瓦罐里，你去拿吧。"女人说的这句也是实话，她认为，只要架在自己脖子上的刀子稍一离开，她就有办法脱身来制伏这个贼。

然而，盗贼并不傻，根本不会自己去拿。"走，你在前面，我跟着你去。"匕首又往女人下巴上一贴，盗贼下了命令。

女人一见，只得无奈地向门外走。突然，她的眼睛一亮，马上看到了那扇半开着的防盗门。

女人在前面走，盗贼在后面紧跟着。等靠近门的瞬间，女人猛地一把抓住防盗门上的拉手，侧身一个飞腿。蒙面贼一下子摔了出去，而女人却迅速冲出门外，"哐当"一声把防盗门关了个严严实实。那把坏锁立了大功。

等街坊邻居闻讯赶到来了个瓮中捉鳖后，众人拉下那盗贼的面具一看，女人惊呆了。这人竟是大嫂的娘家侄子，一个刚从劳教所才释放不久的少年犯。

面对大嫂和大哥的求情，女人似乎明白了什么。但她只是猜测并没有报案。反正等众人散去后，大哥便把存折的密码马上告诉了她。

事后，当众街坊对女人的胆大沉着赞不绝口时，可女人只是淡淡一笑说："这有啥稀奇的，我爸从前曾经当过武术教练。"

绝笔

二叔生前有两大爱好：书法和酒。

他一天不写手痒，一顿不喝嘴馋。

但他写了大半辈子，也喝了几十年，名声在俺村里虽响，可他一直到死，也没能写出村门，喝出财富。

咽气的那天，好多人都说他：不值。

二叔在村里断断续续当了四十多年的民办教师，临退休的前一年才转正，第二年就查出了食道癌。接着就是手术和化疗，让生命又延续了两年。用他病危时的话说，花了两万多块钱只多活了两年，太不值得。言外之意，是他的愧疚和悲伤。

也难怪，当了一辈子的穷教书匠，没能给儿女们置下什么家业，至今还住在村里倒数第一的破旧土坯房里，连个彩电都没有。现在工资刚过千，日子才刚好过点，却又一下子花去了这么多钱，确实让他感到自责和不安。

但二叔却让人敬重。

这不光是他教书育人的教师身份，最重要的是他的人品，穷并不志短。他最喜欢郑板桥的书法，尤其是对"难得糊涂"四个字，更是情有独钟。

他对我说过，咱们当教师的，不为名利所累，不为金钱美女所惑，才是做人的标准。

为此语，我曾敬过他三杯酒；为此语，我还写过一首《人与书法》的小诗：

　　　　我把几个人字写在了纸上／一撇一捺／用的是不同的写法／写正楷的认真与工整／赏行书的飘逸和潇洒／写狂草的放荡与流畅／看篆体的做作和圆滑／写完了细一琢磨／这不就是一个个／活生生的人吗？

　　后来我把此诗拿给二叔看了，他看后习惯性地用手一抹嘴巴说："爷们，写得很好，人就是书法。你看我是属于哪种类型的呢？"

　　我笑了笑回答："二叔喜欢写行书，当然就是行书的飘逸和潇洒喽！"

　　二叔微笑着摇摇头："可人穷了又怎么能潇洒呢？"

　　我说："那不一定，每个人各有各的追求和活法。这要看他对人生观和价值观的理解。"

　　"你不认为我就像鲁迅笔下的孔乙己吗？"二叔又问我。

　　我一愣，马上就说："您怎么能和他一样呢？孔乙己是那个时代的一个落魄秀才，而您的人品和威望在咱村里却是大家公认的。这几年穷，是因为您的收入少负担重，过几年肯定会好的。"

　　"可背地里有人说我像孔乙己。"二叔的脸上露出一丝苦笑。

　　"您就当成他是放屁！您人穷志不短，绝大多数人都还是很敬重您的。"我劝慰他说。

　　"好！爷们，就凭你这句话，咱爷俩今晚再喝上两杯！"二叔又一抹嘴笑了。

　　确确实实，二叔多年来在村里为大多数人没少搭了笔墨纸张和工夫。每逢过年写几副对联，或谁家有个婚丧嫁娶什么的，都离不开他。别看他平时爱喝两口，却从来不收人家的东西。他常挂在嘴边的话是：街坊邻居的，谁还不用谁？只要不嫌写得孬就行。

　　前几年集市上流行卖春联，好多人都劝他说："就凭你的字，准卖抢！"可二叔笑笑说："还没穷到卖字的份上，比我写得好的多着呢！"

我也曾多次让他参加个书法大赛什么的,但他也总是一笑置之。

你看,这就是我的二叔。

然而,二叔也有后悔的时候。

去年春天他病重期间,有一个星期天的上午我去看他,那天艳阳高照春和日丽。二叔看到我时很高兴,我见他气色不错,就建议他出去晒晒太阳。他同意了,于是我就和二婶把他架到了院子里的一个破旧沙发上与他拉家常。当说起了因为给他治病欠下了几千元的外债时,二叔用嘶哑的声音唉声叹气地说:"早知道有病借了这么多钱,前几年真该听劝卖几年春联的,好歹也能少借点。"

二婶听了就抱怨他说:"死要面子活受罪呗!现在想起来连毛笔都拿不动了。"

"你懂啥?只有穷得一文不值的人才卖字,当时不是还没穷到那个份上吗?"二叔的话显得苍白无力,就像他的脸色一样。

"二叔,您还想写字吗?"我岔开了话题。

"好多天没写了,想写,就怕手生写不好。"一提写字,二叔的精神马上来了。

"要不,我给您拿纸和笔试着写两个?"我在征求他的同意。

"行!"二叔的眼里有一种自从生病以来好久都不见的光。

不一会儿,我准备好了桌子、砚台、笔墨和宣纸,就等他下笔了。

二叔显得很兴奋,也不知是激动还是虚弱,拿毛笔的手有点儿颤抖,老半天没有下笔。

"写什么呢?"他慢慢地抹了一下嘴巴,像自言自语,又像是在问我。

"随便写几个就行,千万别累着。"我说。

二叔低着头,把毛笔在砚台里蘸了一遍又一遍,沉思片刻,才提笔悬腕竭尽全力挥笔写下了四个大字:淡泊人生。

写毕,只见二叔长出了一口气,然后便像长跑运动员终于到达终点一样,一下子就脸色苍白地瘫倒在沙发里。

半个月后,二叔就驾鹤而去……

驴宝

李魁昨天买了一头驴,一头灰而吧唧,瘦得一把骨头的老叫驴。

别看驴不咋的,可李魁高兴。因为这头病病快快的驴,只花了他平时买驴时一半的钱。

今天一大早吃过早饭,李魁又和往常一样,吸完一支烟,顺手拿起那把磨得飞快的牛耳尖刀,一边嘴里哼着歌,一边直奔拴在木桩上的毛驴而去。

村里人都知道,李魁这小子杀驴和别人不一样,不光下手狠而准,而且还有一个怪毛病:得边唱歌,边白刀子进去,红刀子出来。

当然,李魁并不是什么歌都唱,他只爱唱那首“大刀向鬼子们的头上砍去……”只要你听到他唱到最后那句重复的“把它消灭,把它消灭——杀”的时候,他的歌声就会戛然而止。

每当这时,邻居们就知道,又一个“鬼子”(当地人称驴肉也叫鬼子肉)在李魁的刀下呜呼哀哉了。然后等不多久,也就一个多小时吧,随着李魁的一声“鬼子肉熟了”的高喊,全村里马上就会飘出浓浓的驴肉香。

但今天他们不但还没有听到这声喊,也没有闻到“鬼子肉”的浓香时,却突然听到从李魁家的小院里传来一阵“俺发财喽”的惊呼声。

当天上午,李魁杀驴从肠道里得驴宝的消息就不胫而走,迅速传遍了整个村庄。

于是,村里人便纷纷拥向李魁家的小院,争先恐后地想来一睹稀世驴宝

PART 3

漂亮的心

的风采。

"乖乖,这么大的一个驴宝,这下该你这小子发大财了!"张三用手抚摩着那个形状和颜色如同癞蛤蟆的驴宝,眼里放出了一种惊诧和羡慕的光。

"可不,二百五十克呢。嘿嘿,小心点儿,摔坏了你可赔不起哟。"李魁咧着大嘴笑着说。

"狗宝可是上等的药材,价值连城呢,但咱还从来没有听说过有驴宝这一说。莫不是让谁往驴屁股里面塞进去的石头蛋吧?"李四不信,当场便提出了质疑。

李魁一听不乐意了,就把眼瞪得像铜铃一样说:"你懂个屁啊,这叫物以稀为贵。你没听说过的事情还多着呢!"

此言一出,众人马上就不敢再说那些泼冷水的话了。他们知道,一旦惹恼了李魁这小子,他可是翻脸不认人的主。

不过,李魁最后还是听从了好多人的建议,决定去省城找一下有关方面的专家鉴定完再说。要不然的话,就连他自己心里也没有底数。

第二天,李魁把家里的事情交付给老婆打理后,就坐火车去了省城。但让他失望的是,等好不容易找到了有关专家鉴定后,人家却告诉他说,这是驴肠道的一种结石,叫驴宝不假,也可以入药,可比狗宝的价值差远了。

"奶奶的,它怎么该比不上狗宝呢?"回来的路上,懊恼的李魁满嘴上都是燎泡,手里拿着驴宝念叨着。扔了吧,不舍得;不扔吧,却越看越来气,气得他牙根直痒痒。于是,李魁带着一种好奇而又发泄的心情,就把火气全部发在了那个驴宝上,狠狠地啃了一口。

说起来也怪了,当李魁快要走到家门口的时候,他一摸嘴上,却突然就有了重大发现。他发现嘴上的那些燎泡没有吃药竟神奇般地消失了,嗓子和牙根也不再疼和痒了。

这还不是最奇的,自从那天起,村里人和李魁的老婆发现,李魁的驴脾气竟然从此再也没有对谁发过一次。

 # 一个人的生日

朱师傅上午下了班没像往常一样直接回家,而是心情沉重地去了矿门口的那家"爱来酒店"。下馆子吃饭对朱师傅来说是件稀罕事,独自一人要了一桌子菜,更是破天荒头一回。

朱师傅这人不善交际,干矿工三十多年极少与工友一起撮一顿。就连抽烟也是自个儿抽自己的,很少和别人有个你来我往。即使人家给他一支,他也脸红脖子粗地死活不要。他常常说,自己从不沾酒,自个儿抽的烟孬,时间长了会欠人情。其实,工友们都知道朱师傅下班回家天天也爱喝两口。不好酒场不抽别人的烟只是他的个人原则罢了。工友对朱师傅的评价是:老实厚道,太会过日子。

可今天不同,今天是朱师傅的五十五岁生日。另外,再过几天就要退休了。按理说他应该高高兴兴地和家人一起过生日,然后就等着在家抱孙子。但朱师傅此时却怎么也高兴不起来。因为昨天做退休前的查体时,他被查出患了肺癌,不过是早期的。本来昨天他就该住院治疗的,可他震惊之后却对矿领导平静地说:"请你们暂时不要通知我的家人,也不要再瞒我说是什么硅肺病。儿子上个月刚结婚,老伴还有病,他们听说了会承受不住的。过段时间再告诉他们吧!"

矿领导没办法最后只得依了他。但让他这几天必须每天要到矿医院接受初步治疗,尽早不尽晚,等待联系好了大医院后就去动手术。朱师傅点点

PART 3

漂亮的心

头答应了。昨晚回到家第一次没喝酒,烟也不抽了。老伴和儿子都挺纳闷,然后就问是怎么回事。朱师傅淡淡一笑说:"查体时医生说烟酒都不能再沾了,要不就会得毛病。"

病病快快的老伴听了就疑惑地问:"我唠叨了几十年都不管用,人家医生一句话,怎么说戒就戒了?没查出啥毛病来吧?"朱师傅一听有点烦,说:"我下了半辈子矿井身体一直好好的,该退休了能有啥病?"

可说归说,朱师傅一夜辗转难眠。他想到了自己多年来省吃俭用地养着病妻,还好不容易地把儿子供到大学毕业上了班。眼看到了该享福的时候,现在却没想到得了绝症。他越想越感到一生太不值得,当突然想起今天就是他的五十五岁生日时,朱师傅的脑海里有了一个出乎意料的想法:一辈子只知道给儿子过生日了,从来还没想到过自己,今天说啥也要破点财。否则的话,说不定明年想过都没有机会了。思来想去,朱师傅决定去酒店订一桌酒席和一个大蛋糕,自己给自己过一回生日。于是,中午从医院里打完吊针一出门,朱师傅就直奔酒店而来。

来到酒店刚坐好,漂亮的女服务员就问朱师傅有几位客人。朱师傅心里正烦闷,就没好气地瞪了女孩一眼说:"问这么多干啥?你只管上菜就是。"服务员笑嘻嘻地说:"那我得给您上几套餐具啊?"朱师傅顿时醒悟,说就上一套。那女孩有些吃惊,说:"您要了这么多菜还有一个大蛋糕,一个人吃得下吗?"朱师傅的火"腾"地一下又上来了。他不耐烦地大声说:"你管得也太多了吧,开饭店还怕大肚子汉?"女孩一见这人有点怪,吓得吐吐舌头不敢再问。

酒菜上齐,蛋糕摆上。朱师傅自斟自饮,喝起了闷酒。等喝到七八成的时候,才忽然想起了点生日蜡烛。手颤抖地把蜡烛点燃,朱师傅便伤心地唱起了自己改编的生日歌:"祝我生日快乐,祝我生日快乐……我怎么才能快乐,我实在没法快乐……"

唱着喝着,朱师傅趴在桌子上哭了,哭得鼻涕一把泪一把。哭声招来了老板和服务员,也引来了前来吃饭的矿工。其中有认识朱师傅的,一见他喝多了，便招呼了一辆面的把朱师傅送回了家。

朱师傅在车上一路哭一路念叨。当他被工友架着胳臂送进家门时，他惊呆了，接着便是号啕大哭。朱师傅醉眼蒙眬地看见，自家的屋里站满了人，不只是焦急的老伴和儿子儿媳，还有矿上的领导和矿医院的人。并且他还发现屋子里摆了一桌丰盛的宴席，中间放着一个大大的蛋糕。

玉佩

花草锦绣，温暖如春。在 T 市的一家豪华生态园里，本市招商办的梁主任在和一位从台湾回到故乡来的投资商王先生一起泡温泉。

"王先生，如果不介意的话，冒昧地问一句，您戴的玉佩是祖传的吧？"梁主任问正在闭目养神的王先生。

"也算是吧，它是我父亲去世前交给我的。怎么，梁主任对古董有研究？"王先生睁开眼看了看梁主任。

"不好意思，让您见笑了！我只是随便问问。因为我家里也有一块与您的很相似。"梁主任的目光始终没有离开王先生胸前的玉佩。

"噢？是吗？拿来看看！"王先生一听来了兴趣。

"对不起，不在我这，是我爷爷一直在保存着。王先生，能把您的让我看看吗？"梁主任请求说。

"完全可以。"王先生爽快地一边答应，一边从脖子上摘下用红丝线系着的玉佩递给了梁主任。

PART 3 漂亮的心

"福生！"当梁主任接过玉佩之后，他没有细看正面，而是迫不及待地去看反面。这一看，他马上愣住了。然后便用疑惑的目光看着王先生说："请问王先生，这上面是你家老先生的名字吗？"

"不是的，老人家的名讳叫念祖。怎么了梁主任，你好像心里有事呀？"王先生说。

"噢。对不起，可能是巧合。是我冒昧了！"梁主任发觉自己有些失态，忙解释说。

但他紧皱的眉头和困惑的表情却让王先生看在了眼里。

王先生说："其实这玉佩并不是我家祖传的，它是当年台儿庄大战时，父亲从一个受了重伤的国军通讯员手里得到的。那人临死的时候委托给了他，说让他转交给一个地名叫五什么的他的家人。可后来父亲被李宗仁将军留在了军营当了一名马夫。从此转战南北，直到最后去了台湾才安家落户，一直没能转交给他的家人。我这次来投资，一是为家乡出点微薄之力，二来就是想替父亲完成他一生未了的心愿。"

梁主任听傻了。真的会这么巧吗？听父亲说，爷爷是双胞胎，大爷爷当年就是跟李宗仁当兵后一直没有音信。两块玉佩是老奶奶生下他们时，请玉匠用一块玉分成两半雕刻成了两个玉观音，并在背面都刻上了他们的乳名。大爷爷是"福生"，爷爷的这块是"长生"，合起来就是"幸福长久"的意思。没想到爷爷盼了大半个世纪的孪生兄弟今天才终于有了下落。不知还健在的年已九十高龄的爷爷听到后，会有如何感想？

梁主任激动不已。但他又不敢确定这块玉佩就是他大爷爷的遗物。于是，他也就一五一十地把他的家史和玉佩的来历说给了王先生听。

王先生听后，顿感惊奇，他兴奋地说："真是太巧了。没想到我还没来得及打听，就神奇地找到了这块玉佩的真正主人。梁主任，咱马上去你家好吗？"

半小时后，王先生和梁主任驱车来到了郊外的五里铺。梁主任的家人提前就接到了他的电话，老老少少几十口全都出门迎接来自台湾的客人。

声声问候，句句热情。热情和感动跟进了屋内。当王先生和梁主任的爷爷同时拿出了玉佩后一对比。果真是一对一模一样的玉观音！再看反面的字，两个"生"字的笔画完全出自一人之手。

梁主任的爷爷用颤抖的双手接过玉佩，止不住老泪纵横："哥，你回来了，你终于回家啦！"

王先生也禁不住热泪盈眶，心中默念："是的，我们终于回家了！"

这天，正是二〇〇九年六十周年的国庆节。

手心手背

常言道：女儿是母亲贴身的小棉袄。女儿有什么心思，当娘的最清楚。

未婚女是这样，出了嫁的女儿，也是一样。

红霞婚后十五年，不论是夫妻情，还是婆媳事，甚至家里存了多少钱，她从不瞒娘，皆实言相告。在她心里，母亲是人世间最可信赖的人。

尤其是当她发现丈夫有了外遇之后，六十多岁的娘更成了红霞的精神支柱和依靠了。

"娘，他可能在外面有了相好了，整天借口做生意，十天半月不回家一趟。一回家就鼻子不是鼻子脸不是脸的，好像我成了他的刺眼钉，连看都不看我一眼。"某天回娘家，红霞眼泪汪汪地向娘诉苦。

"是真的吗？"红霞娘问女儿。

"差不多。我只是还没抓住他的把柄！"红霞猜测道。

"他嫌你啥？就那熊样！当初要不是看他会做生意，脑瓜灵，我还不同意让你跟他呢。"红霞娘说。

"还不就是嫌我生了两个闺女呗。张口闭口老是说没有给他生个儿子，挣的钱再多也不值。"红霞期期艾艾地说。

"他种的是豆还想得瓜？自己下错种了不怨自己反怨你，真是个浑蛋！闺女，先装傻，等你抓住了把柄，咱娘俩再想法治他。"红霞娘在安慰着女儿。

半个月后，红霞又来到了娘家。这一次和娘一照面就哭成了泪人。红霞娘猜测，十有八九是女儿已经找到了女婿在外面风流的证据。一问，果然如此。

原来，红霞通过半个月的暗中跟踪和打听后得知，丈夫确确实实在与一个洗头房的洗头妹打得火热。那女孩她在门口也看到了，人长得虽一般，可打扮得妖里妖气。红霞伤心极了，连家都没回，就打的一路流泪直奔乡下娘家。

"你哭啥？哭也没用！他准是让那小妖精给鬼迷心窍了。这个小王八羔子，有钱就不知姓啥叫啥啦！闺女，他不是愁钱没地方花吗？你就装作什么都不知道，先把他的家底慢慢地倒腾个差不多再说。如果问起来，你就说借给你哥做生意了，省得到时候咱没有了主动权。"红霞娘又给女儿出主意。

红霞一听娘说得有道理，丈夫做生意十多年，光她保管的存折就七八十万元，至于做生意的流动资金和丈夫还有多少私房钱，根据她的估计也绝对不会少于一百万。既然丈夫有了外心，如若哪一天要和她离婚的话，再后悔可就晚了。真不如提前下手。

想到这里，红霞也就不再哭哭啼啼。于是便和她娘一起商量如何转移财产的问题。

不久，红霞就瞒着丈夫把五十万偷偷地转移到了母亲的名下，连存款密码也告诉了自己的亲娘。

果然，半年过后，红霞的丈夫与她提出了离婚。在丈夫追查那五十万的去向时，红霞说，借给娘家哥哥了。男人无奈，只好默认。

可是，当离婚后的红霞在去给母亲要钱的时候，谁知她娘竟支支吾吾地告诉她说，红霞的哥哥做生意不光赔得倾家荡产，还欠了银行五十万贷款，全让他给借去了。

红霞一听很是生气，先是埋怨娘，然后就去找哥哥要钱，问他什么时候可以还。哥哥听了一脸的无奈，说只有等到东山再起重新发财以后才能还她。红霞本来心情就不好，于是说话便很难听。她嫂子一听又不愿意了，你一言，我一语，两个人就吵起来，紧接着便动了手，当然最后吃亏的还是她。红霞一气之下，从此就和娘家人断绝了来往。

转眼两年过去了，红霞没想到自己却患上了尿毒症住进了省城的医院。可就在她因为找不到肾源而心灰意冷悲观绝望之时，突然有一天，她的病床前来了一位自称是乞讨了千多里路，风尘仆仆的老太太说要来给她换肾。红霞看到老太太的瞬间，马上就呜咽着喊了一声娘，再也说不出话来。

红霞娘一见女儿病成了这样，更是悲感交集愧从心中来。老太太哭着说："手心手背都是娘的心头肉，割了哪块都心疼啊。"

养狗的人多了

老马从乡下刚来到城里的儿子家没过两分钟就开始生气。为啥？就为儿媳养的一条叫"爱玛"的贵妇犬。

因为老马刚坐下还没缓过气来，就听比儿子小了十来岁的儿媳嗲声嗲气地对抱在怀里的小狗说："爱玛，宝贝乖，别闹啊，妈妈抱。听话，他是你爷爷，和咱们是一家人呢。"

老马一听怪别扭，气就上来了。心里说，这是怎么说话呢，我才刚到，怎么就成了狗爷爷了？真是岂有此理！

可老马心里有气，没敢发火。

然而，在接下来的几天里，老马却越来越郁闷了。他发现，不光在儿子家里"爱玛"成了小两口的活祖宗，而且一到傍晚吃过饭，小区里，马路边，出来遛狗的年轻夫妻，比带着小孩搀着老人出来散步的还要多。不管是什么品种的狗，全都是"宝贝长宝贝短"的叫得肉麻，让他听了感到浑身在起鸡皮疙瘩。这还不说，儿媳竟把他和老伴都没舍得吃，从家里带来的一百多个山鸡蛋煮熟了喂狗。并口口声声还对爱玛说："这是爷爷带来的绿色食品。"

"唉，父母还不如一条狗啊。"老马感慨万千。

第五天，老马终于忍不住了，就趁儿子儿媳又出去遛狗的机会，想给老伴打个电话诉诉苦。

谁知，电话拨通了，却不是老伴那熟悉的声音，而是一个男子的瓮声瓮气。

"你打错了，这里是爱心宠物医院。"

说声对不起，老马以为是自己拨错号了，于是又重新按下了电话号码。可是接电话的还不是老伴，竟是一个女孩娇滴滴的声音说："您好，这里是宠物宝贝美容院，请问您有什么需要帮助的吗？"

"这就怪了，怎么又是一家狗医院呢？老了老了，真的是不中用了，怎么连个电话号码都记不住呢。"老马气得把话筒往机座上猛地一撂，接着用力拍拍自己的秃脑门说。

然后再一个一个地继续拨号，这一次没错，电话那头终于传来了老伴的一句：你是谁？

听到老伴的声音，老马憋了一肚子的火就再也搂不住了。老马说："我说不来你偏让我来,那鸡蛋咱们都没有舍得吃,他们却拿去喂狗。这还不说,你那宝贝儿媳竟让那条叫什么爱玛的狗,喊咱儿子个爸,管我叫爷爷,他们连人和狗都不分,你说这不是全都乱套了吗?一条狗好几万,比咱俩的老命还值钱,侍候它比侍候我还上心。让你说,咱乡下人养狗图看家护院,他们养狗却是为啥呢?难怪他们一直不愿要小孩,敢情是把狗当儿子养啊,这几天都快把我给气死啦。"

老伴在那边一听,似乎也很生气。就说:"城里人有钱真会烧包,他们的心思咋就和咱乡下人的不一样呢?看不惯你就回来吧,犯不着在那里给狗一般见识。"

老马说:"我一天也不想再多待了,明天就回家。"说完,便挂了电话。

可就当老马等到儿子遛狗回来,正想告诉他,让他明天就去给他买回家的火车票时,没想到在外面意犹未尽的小狗"爱玛"刚一进屋就连蹦带跳地扑到他的怀里撒起欢来。老马本来就余怒未消,于是就用手把狗一下子摁在了沙发上。小狗挣扎了几下没能动弹,便转过头来就咬了老马的手腕一口。这一下,老马的火气可就上来了。松开手的瞬间,另一只手马上便朝"爱玛"的头上狠狠拍去。顿时,狗就躺到地上打起了转转。随着狗的急叫声,这一幕正巧被刚从卫生间里出来的儿媳看见。

这一来可了不得啦,儿媳心疼地一边跑上前去抱起直翻白眼的爱犬"心啊肝啊"地叫着,一边眼泪汪汪地责怪起老马来。

老马一看惹了祸,顿时感到理亏似的对小马夫妻解释说,是小狗首先咬了他。

小马发现父亲的手腕被狗咬破,也就不好意思再埋怨老马了。于是就说:"你老惹啥别惹它啊,别管是谁的错了,赶紧都去医院吧。"

可等老马和儿媳一起坐着儿子的轿车赶到了一家医院门口一看,老马差点儿没气得晕过去。他发现儿子竟把他拉到了一个叫"爱心宠物医院"的门口停了下来。车刚停稳,老马就劈头盖脸地把小马好一顿臭骂说:"混账东西,是你爹的命重要,还是爱玛的命值钱?你想把我活活地给气死啊。"

小马闻听,忙赔笑脸说:"爹和爱玛的命都重要,可幸福和谐更重要啊。"

老马一听,顿时哭笑不得地说:"好好好,只要你们能幸福和谐,我即使得了狂犬病也没啥。谁让爹年老不中用了呢!"

第三个电话

周围一片黑暗,头顶上的尘土还在不停地往下落。

当王辉被深深地埋在了亲自负责建造的办公楼下的那一刻,他在黑暗中摸了摸被压在楼板下黏糊糊的双腿,知道自己生还的可能不大了。

于是,王辉在狭小的空间里,趁着自己还清醒,从衣兜里掏出了手机。

可当一打开,王辉就感觉大地又是一阵晃动,身上的那块楼板又往下一沉,紧紧地把他挤在了中间。片刻后,稍一稳定,他便拨出了第一个电话。谁知,他刚把手机放到耳边,就感到头晕目眩,呼吸困难。于是,他便改变主意按下了第二个电话号码。

但就在电话刚接通的瞬间,王辉不知是咋想的,却又挂断了。他似乎又想起了一件更为重要的事,紧接着便忍着剧痛,艰难地拨通了第三个电话。

电话是拨通了,可王辉只与对方说了两句话就失去了知觉。

几天后,当救援部队从废墟中扒出了还在紧握手机的王辉时,这时的他,却早已停止了呼吸。

王辉是县城最大的一家房地产开发公司身价过亿的老总,来自一个偏远山村的贫困农家,也是当年他们村第一个考上建筑学院的大学生。接到录取通知书的时候,小小的山村沸腾了,王辉更是激动万分。然而,看着兴奋不已的王辉,他那守寡多年的母亲心里虽然也感到自豪和骄傲,但却怎么也高兴不起来。她不愁别的,只愁那几百块钱的学费没着落。

好在,有热心的老村长和众乡亲听说后,这家十块,那家二十,才好不容易凑够了他的学费。

在敲锣打鼓鞭炮齐鸣送别王辉的村头,当年的小王辉哭着给母亲和乡亲们跪下磕了三个响头。那时,他没说别的,只在心里暗暗发誓:只要等我王辉出息的那一天,绝不会辜负母亲和乡亲们的期望。

可是,等王辉毕业后分到家乡县城的建设局,从一个小科员升到了局长,然后便下海当上了开发商的总经理之后,他却逐渐变了,变成了官场上叱咤风云,商场中诡计多端的人物。尤其是从把母亲接到城里住的那天起,他就再也没有回过他那开不进"宝马"车去的小山村,尽管母亲唠叨了一遍又一遍。

"孩子,给人家盖大楼一定要盖结实点,咱可不能昧着良心去犯法,落下个千古的骂名啊。"看着儿子住豪宅穿名牌,花钱如流水,已过古稀之年的王辉娘没少担心。

每每听了娘的话,王辉总是微微一笑,未置可否。他说:"我又不是小孩子了,是重是轻心里有数。你就别再瞎操心啦,好好地享你的福吧。"

一次次,一年年,王辉娘不知唠叨了多少遍,依旧见儿子风光无限我行我素。无奈,她只好在担惊受怕中煎熬。

王辉的遗体被扒出后的当天,他所有幸存的亲朋好友赶到了现场,从手机上发现他生前曾拨打过的那三个电话。第一个是打到妻子手机上的;第二个是打给家中的。可第三个却是个陌生的号码。

白发人送黑发人,王辉娘哭得好不伤心,王辉的妻子和儿子也是悲痛万分。

"我的儿啊,你咋就一声不吭地走了呢?你可让娘怎么活啊。"王辉娘涕泪交流。

"他给我打过手机的,可一句话也没说。"王辉的妻子哭着说。

"咱家里的电话也响过啊,肯定也是他打的,但等我刚拿起话筒却就挂断了呀。"王辉娘哽咽着。

"那么,这第三个电话究竟是打给谁了呢?"众人费解。

但不久,在"5.12"汶川大地震后的总结报告会上,一个叫老郑的人流着泪水向上级领导请求处分。

老郑说,地震并不可怕,最可怕的就是那些在地震前玩忽职守自掘坟墓的人。因为有一个开发公司的老总在临死前曾给他打过一个电话,这个老总的遗言是:郑书记,假如我还能活着的话,我一定会投案自首,绝不再做千古罪人。

老郑就是这个县的县委书记。

改名字

董建国眼看再过不到一个月就要从劳动局局长的位置上正式退休了,可没想到今天却为了市委宣传部和几个有关部门共同下发的一个通告,使他烦心又窝火。

为啥?

因为宣传部和电视台为了庆祝国庆六十周年准备搞一个大型联谊会。文件上规定,凡十月一日出生,名字叫"国庆"的本市公民,即日起都可以凭户口本或身份证等有效证件,到文联报名参加"我和祖国共华诞"的免费文艺会演。到时候不光有市委主要领导亲切接见,还会有意想不到的珍贵礼物相赠。

接不接见和礼物都无所谓,老董不在乎。主要的是,作为同样在"十一"出生的他,却就因为名字叫"建国"便不能参加的这个"理"。更何况他在局里又是多年出了名的"老马列","认真无价"不离口呢!

这是谁制定的条文?只要是国庆节那天出生的不就行吗?建国和国庆的名字能有啥区别?不行,我得打电话问问他们有什么理由不让我参加?当老董看完文件后,气得大动肝火。

于是,老董便拨通了宣传部部长的电话。

然而,等老董和部长说明自己的情况后,人家却在那边沉默片刻无可奈何地对他说:"老董呀,这是市委有关领导商议后的决定,我也是爱莫能助啊。要不我看这样吧,你要是不方便问的话,改天我把你的这种情况给领导们汇报一下再给你回话。要不你就去找你公安局的老战友,让他给你马上改改名字补办个叫"董国庆"的身份证,时间还能来得及。"

老董一听也是,这么大型的活动不是一个人就能说了算的问题,最好还是找老战友帮帮忙解决吧,改个名字办个身份证啥的,那还不是他一句话就OK 了。

想到这里,老董便不假思索地就马上又打通了当年在北京仪仗队的战友,现任公安局局长的电话。

谁知,老战友还没听完,就在那边笑起来。老战友说:"不就是一个大型文艺晚会嘛,咱们当年在北京,什么样的会议和活动没见过,你怎么这么认真?再者说了,你以为名字说改就能随便改了?户籍一变动,你的养老保险和住房公积金上的名字等都要改,你总不能就为了参加这么一次国庆庆典活动,便自找麻烦吧?更何况你们父子俩如果都叫'董国庆',岂不是就乱了套啦?"

老董闻听此言,这才猛然清醒过来,慌忙说:"那就不改了,我怎么越老越糊涂了呢?"

既然名字难改,没有合格的身份证又不能参加,老董沉默了。但沉默的老董却实在又于心不甘。中午下班后,心里不痛快的老董就把这事给老伴说了。老伴不光不同情,还反而埋怨说,他这是吃饱了撑的,自己给自己找气生。

儿子国庆也在一旁说,他这是一种很明显的"退休前综合征"。

对老伴的话,老董可以表示沉默。可儿子这样说他,却就如同火上浇油了。

老董气呼呼地把眼一瞪对儿子说:"你小子别得了便宜在老子面前卖乖,你们能报名,凭什么就不让我参加?我就不信这个邪,我非得给市委领导打电话问清不可。"

老董说着,气得连饭也不吃了,马上把碗一推,掏出手机就把电话打了过去。

没想到人家分管文联工作的市长在电话那头一听是这么回事,便爽朗地笑起来说:"老董你怎么这么急啊?没有建国哪来的国庆,你这个老'国庆'我们哪能把你给忘了啊,正准备明天就通知你这个国庆元老作为代表到那天上台发言呢。"

老董闻听这一喜讯,顿时感动得热泪盈眶,半天没有说出话来。

刀魂

王五爷闻听在大刀队当队长的小儿子惨死在了一个叫三岛一雄的东洋刀下,一口鲜血狂喷而出。醒来后,五十多岁的他,发誓一定要给小儿子报仇,不亲手宰了那个双手沾满中国人鲜血的小鬼子,死不瞑目。

大刀王五爷的八卦七星刀在当地是出了名的。师学祖传,武承父辈。八国联军进中国的时候,不到二十岁的他,就目睹了在义和团素有"神刀王"之称的父亲,一把七星刀连砍数十人的场面。当年要不是长毛鬼子的洋枪,他神勇的父亲,根本就不拿那些侵略者当盘菜儿。

"五儿,轻功再高,难躲洋枪;刀法再快,快不过枪弹。咱们国家落后,落后就要挨打。但没办法,咱只能练就一身好武艺,紧要关头,只有玩命的一式力劈华山,才能闯出一条血路。"后来突围时被洋枪打断了一条腿的父亲总结说。

王五爷姐弟五个,武功传男不传女。上面的四个姐姐先后出嫁,父亲便把一身武功毫不保留地传授给了他。不论是轻功,或者八卦掌,八卦刀,俱得真传。二十五岁那一年,在县城打擂,就以一套出神入化的八卦掌打败了气焰嚣张的擂主——日本武夫三岛矢野。从此,名震江湖。

军阀混战的那几年,王五爷曾经想当兵光宗耀祖,可父亲一听断然阻止说:"自己人打自己人,不能去,练好武功强身健体,人不犯吾,吾焉可犯人?"

至此,王五爷接受父训,潜心武学,教子授徒。两个儿子长大后,先后参加了八路军和抗日游击队。大儿子在部队里担任侦察连连长,小儿子则在地方游击队里当大刀队队长。可没想到,小儿子却在一次伏击战中,被据说是一个新成立的什么"天皇神刀队"的队长三岛一雄杀害。

"他奶奶的,不报此仇,枉活一世!"年过半百的王五爷决定要亲自会一会这个三岛一雄。

王五爷心里明白,当年的父亲就没能躲过洋鬼子的子弹,现在的他绝不能在光天化日之下替子报仇。于是,王五爷每到傍晚,就以闭门练功为由,瞒着家人,短依短靠去县城打探三岛一雄的行踪。

王五爷虽老了,可功夫不减当年。城门紧闭,几丈的护城河,只要把飞爪往树上或城墙上一搭,就身如飞燕轻轻越过。经过几天的打探,他终于摸清了"天皇神刀队"和三岛的踪迹。

不看不知道,当王五爷远远地见到三岛的第一眼,就断定了这个留着一撮人丹胡的小鬼子,就是当年曾败在自己手下的那个日本浪人的后裔。"奶奶的,你的王八老子欺负俺,你这个小王八羔子又来找俺的麻烦,你们真是活腻歪了!"但恨归恨,王五爷看着戒备森严的日军队部,始终无缘下手。终于有一天,他瞅准了时机。

初秋的夜万籁俱寂,虽偶尔会传来一阵狗叫或几声枪响,但城里的大街小巷,除了巡逻的鬼子兵,空无一人。

夜半时分,身背八卦七星刀,一身夜行衣的王五爷,又潜伏在了"天皇神刀队"墙外不远处的一棵茂密的大树上。等了不大一会儿,他就发现三岛一雄穿着宽大的和服走到院子里开始练习刀法。

借着月光,王五爷真真切切地目睹了以快著称的东洋刀的套路。那真是秋光刀寒,寒光过处,快如闪电。

"奶奶的,比他老子厉害。"王五爷藏在树上不由地暗赞。

一路刀法使过,趁三岛正要歇息的机会,艺高人胆大的王五爷见机不可失,一个蜻蜓点水,一起一落,便从院墙上轻飘飘落在了三岛的面前。三岛一惊,他万没想到夺命神从天而降。不愧为东洋高手,突然吃惊倒退的瞬间,东洋刀便高举头顶,然后就是一阵呜鲁吧唧的日本语。

"三岛小鬼子,你是不是三岛矢野的小王八羔子?快快偿还我儿的命来!"王五爷一声大喝,七星宝刀就使出一路刀花,直砍向三岛一雄。

三岛连忙招架,他听父亲说过曾败在中国一个叫王五的八卦掌下,想必就是此人。一个年轻狂傲,要替父夺回当年失去的面子;一个宝刀未老,要替子报仇雪恨。可就在这时,刀击声惊动了刚刚睡下的"天皇神刀队"的十几个日本鬼子。有的穿着裤子赤着上身,有的则只穿件露着屁股兜着裤裆的裤衩,他们就像一群狼一样"嗷嗷"地把王五爷围在了院子当中。

但王五爷毫无惧色,一把宝刀上下翻飞神出鬼没。不大一会儿工夫,就有好几具鬼子的尸体倒在了他的刀下。

"他奶奶的,你们一起上吧,爷爷我王五报仇来啦!"王五爷越战越勇。

神龙摆尾！一个鬼子倒下了。夜叉探海！一个翻腕，又一个鬼子从裤裆往上劈成两半。乱云飞渡！又是两个身着异处。

　　可就在只剩下三个鬼子的时候，王五爷一不留神，大腿上被三岛砍了一刀。一阵剧痛，他差点儿跪倒。王五爷知道，此刻如不亲手宰了三岛一雄，毕竟自己年龄大了力不从心，再等一会儿就晚了。

　　面对气得"哇哇"大叫的三岛的一阵快刀，王五爷重振雄风。只见他也一刀快似一刀，并嘴里不停地喊着，一刀断柱，三阳开泰，泰山压顶……等喊到力劈华山之后，三岛一雄的整个身体，从脑袋到腰身一分为二分为两半。

　　然而，与此同时，王五爷的半个肩膀也被三岛的快刀给斜劈了下来，七星刀落地的时候，他那断下来的手还紧紧地握着刀柄。紧接着，剩下的几个鬼子一拥而上，对着王五爷一阵乱砍。

　　王五爷倒下的那一刻，仰天长笑地喊道："儿子耶，爹值了，爹给你报了仇啦！"

一条会唱歌的娃娃鱼

　　娃娃鱼是在山涧中的那条小溪里，正在跟家住山坡上的一个七岁小女孩学唱歌时被抓到的。

　　当时，娃娃鱼在浅水处的乱石间正听歌听得入迷，根本没想到突然会有一张网罩住了它。

　　娃娃鱼是小溪里最可爱，也是最有灵性的鱼，属两栖动物。它不光有着两只就像胖娃娃小手的前爪,而且叫起来很像一个在跟妈妈撒娇的婴儿,让人心疼得不得了。

也正是这些独特之处,娃娃鱼才变得越来越珍贵。但也就是因为它的稀奇,才成了那些山里没钱人的猎物,城里有钱人的盘中餐。

于是,娃娃鱼就被卖到了某个大城市中一个叫"乡土野味馆"的大酒店里,孤凄地等待着让人宰杀,让人品尝。

尽管如此,可这条娃娃鱼却并不怨那个叫盼盼的可怜小女孩,也不怨恨捕住它的盼盼爸。因为它知道,盼盼的漂亮妈妈在外打工时跟一个公司的大老板跑了。盼盼想要妈妈,盼盼爸需要钱给女儿找回妈妈。只要那个老实巴交的汉子能为女儿找到亲妈,即使自己马上变成那些有钱人餐桌上的一道美味,也死而无憾。

只是,那个山里的穷汉子能给盼盼找到亲妈吗?如果找到的话,那个叫金凤的漂亮女人是否还愿意回到那个穷山沟里去?

娃娃鱼静静地趴在一个冒着气泡的大鱼缸里,眯着一双小眼睛悲哀地想。

连同它一起被囚禁在黑屋里的,还有另外几种珍稀动物。它们也和娃娃鱼一样,失去了自由和美丽的天空,都在绝望地等待着死亡。尽管它们时而挣扎,时而哀鸣,但一切却是徒劳。

第一天,娃娃鱼看到饭店老板从一个铁丝笼子里抓走了一只穿山甲,第二天又捉走了一只哀鸣惨叫的猴子。而它,却一直无人问津。但它明白,这只不过是个时间的问题。

但就在娃娃鱼正庆幸自己又在世上多活了一天时,第三天傍晚,当那个满脸横肉的饭店老板带领一男一女来到这间黑屋打开灯,然后便站在了它面前的那一刻,娃娃鱼的眼睛里就有了一种恐慌。它本能地想冲出鱼缸,但任凭它手抓头撞,全无济于事。

"哇塞,好大的一条娃娃鱼啊,我还是第一次见,难得难得。宝贝,咱今天就吃它了。"

拼命挣扎的娃娃鱼，突然听见那个矮矮胖胖头顶放光的小老头，一惊一乍地对他身边的年轻女人说。

娃娃鱼一听，这下彻底完了。于是，它便无力地停止了挣扎，发出了一声哀鸣。

谁知，就当它感到绝望地"哇哇"哀鸣时，那个珠光宝气的少妇一句话，却让它重新看到了又能够多活一天的希望。

只听那贵妇人缓缓地对小老头说："老公，在俺从前那个家前的山间小溪里就有这种鱼。可我们都把它当成自己的娃娃看待，没有谁忍心去捉来吃。你看它的这两个前爪，多像一双胖乎乎的娃娃手啊。据说杀它的时候，它会哇哇地叫，那声音极像一个婴儿的哭声。咱还是随便吃点别的啥吧，行吗？"

就在这时，娃娃鱼才看清了灯光下那张似曾相识的女人脸。它看到的第一反应就是：有一个小女孩长得多么像眼前的这位漂亮女人啊，尤其是那双慈眉善目而又略带几分忧郁的大眼睛，实在让人过目难忘。

"好的好的，还是我的心肝宝贝有爱心，一切全听你的。走，我们就去吃小山鸡炖蘑菇吧。"

娃娃鱼庆幸自己躲过了一劫，当它目送女人和小老头手挽手走出这间小黑屋的时候，女人转身的瞬间，娃娃鱼发现，她的眼中似乎有泪光在闪。

于是，不知为何，娃娃鱼就突然想起了在小溪时跟小女孩学会的那首叫《世上只有妈妈好》的歌。

世上只有妈妈好……没妈的孩子像棵草……

娃娃鱼的歌声，如泣如诉。但贵妇人却已经走远了。

就在那天晚上，"110"民警接到一个举报说，"乡村野味馆"里有人在非法出售国家明令禁止的珍稀保护动物。经过突查，证据确凿。当晚便封了该店，逮捕了饭店老板。

第二天，幸运的娃娃鱼就被放归到另外一条山涧深处那清澈而又纯净的小溪。重获自由的那一刻，娃娃鱼又想起了那个曾教它唱歌，名字叫盼盼的小女孩。